×

台

t y p h o o n

风

海飞 著

作家出版社

目录

台风

人生不过就是，
送走一场台风，
再等待下一场台风。

——杜小绒

一

　　杜小绒站在那棵枝叶繁茂的泡桐树下，听见盛夏的风掀起树叶的声音。在沙沙沙均匀平衡的声音里，她很想站在树下睡过去。泡桐树朝气蓬勃，显得很随便地生长在 13 间房民宿宽大的院子中央，这让杜小绒仿佛和树站成了油画的一部分。油画的另一部分是目光可及的遥远的海岸线。很久以后，芦生温和的声音响起来，我带你去你爸的房间。

　　杜小绒和她的哈瓦那人字拖是上午九点从定海三江码头上的船。她记得自己在长途跋涉以后，赶到了定海。是

2

芦生打通了她的电话，说你的父亲杜国平死了，你赶紧回来。在话筒里，杜小绒听到了海浪的声音，这让她的脑海里浮起了海浪卷起一大片带着海腥味泡沫的画面。在这样连绵的想象中，她一路穿着那双人字拖回到了岌岌岛。她喜欢人字拖，她觉得人字拖给人一种自由感；她也喜欢继承遗产，这样可以让她的生活富足。在去往岌岌岛码头的轮船客舱里，坐在她边上的是一名警察。警察在轮船机器的轰鸣声中接了一个电话，他对电话里的一个女人真诚地说，我早就当面跟你说过一次了，我跟不上你理想的步伐。

芦生在岌岌岛明晃晃的码头接她。阳光泛滥得像四处流淌的开水。他开了一辆破旧的桑塔纳，戴着墨镜，是一个三十多岁的小伙子。杜小绒看不清他隐在墨镜背后的眼睛，但她知道芦生是亡父杜国平的帮手，一直帮他打理着民宿的生意。他的脚很长，是那种没有美感的长，有点儿像丹顶鹤的两只脚。芦生接过她行李的时候，抬头望了一眼天空中被风吹散的云说，这儿风大。

在关上桑塔纳车门的那一刻，杜小绒看到了那名警察华良在码头出口处一个车棚下，推出了一辆警用电瓶车。他还在用手机接电话，看上去有些激动的样子。芦生顺着杜小绒的视线，也看到了警察。芦生说，他是警务室里的社区民警，叫华良。

他没什么用的。芦生又补了一句，他没有花头。

桑塔纳在小岛绵长的公路上卖力地奔跑，这让杜小绒想起了一部海岛电影。她很开心，把车窗打开，然后把手伸向了窗外，不停地发出噢噢的欢呼声。所有的风都被杜小绒五个手指梳理了一遍。她美好的心情影响了芦生，于是芦生打开了汽车的音响，放起了一首欢快的爵士乐。芦生额头上细软的头发，被风吹得东倒西歪。他穿着一件白色衬衣，袖口的纽扣紧紧地扣着，看上去是一个谨小慎微的人。

你应该是双鱼座的吧。杜小绒问。

芦生愣了一下，过了一会儿点了一下头说，是的。不过我不相信星座，我相信轮回。

杜小绒笑了，说，我什么也不相信。我只相信活着就好。

芦生在接下来的时间里，边开车，边说起了杜国平的死亡。杜国平是猝死，在这座偏僻的小岛上，猝死是最麻烦的，因为离定海人民医院很远。岛上没有医院，只有一个卫生院。芦生拍了一下方向盘，十分哲理地说，我们总是不能预料，明天和死亡哪个会先来到。

芦生告诉杜小绒，前天杜国平已经在大家的帮助下埋葬了。那片土地风水很好，开阔而向阳，能看到鹿鸣坳，也能见到大海。芦生沉吟了片刻说，老板对我很好。我觉得有时候他像我的大哥，有时候像我的爹。杜小绒什么话也没有说，她开始想自己的行程。自己是从福州来到这儿的，福州是她四处辗转的又一站。她其实不想了解杜国平的什么，但是芦生仍然认真地告诉了她，杜国平的病属于是心源性猝死，交通派出所的刑侦人员来过了现场，也听取了卫生所那个矮胖的女医生的报告。那是一种熬夜就容易发的病，更何况杜国平大大熬夜。

杜国平熬夜是因为喝酒。他经常把自己喝醉，有时候甚至直接醉倒在民宿的院子里，像一条死去的盘成一堆的蟒蛇。

二

站在13间房民宿院子的那棵泡桐树下，杜小绒能闻到大海的腥味。这样的气味让你每时每刻都感受到，你和海的距离如此之近，近到你就是大海的气息的一部分。杜小绒其实喜欢这样的气味，她觉得自己的生命突然变得更有活力，仿佛一棵枯萎的树的根须，突然之间找到了甘洌的水源，于是开始拼命吮吸。杜小绒在海的充满生命力的气息中抬头，她看到了屋顶上一块闪着反光的白铁皮。强烈的光线，很像无数把白亮的小刀子，纷纷扬扬地朝杜小绒的眼睛扔来。白铁皮上用蓝色颜料写着几个歪歪扭扭的大字"13间房"，也就是这家民宿一共有13间客房的意思。

二楼的阳台上，一个披着薄床单的人坐在轮椅上，目光空洞地望向远方。他叫袁相遇，是个植物人，十多年前也是民宿老板杜国平的帮手。自从成了植物人以后，杜国平一直养着他。就算是养一块青苔，十多年后这块青苔也该成精了。但是袁相遇一直不能开口说话，连眼皮都不能抬一下，看上去像是对这个世界不屑一顾的样子。站在他身边的那个黑胖的女人，叫露丝。她永远在吃着薯条。她的力气很大，因为她需要负责为植物人袁相遇洗澡。她是一个旅游者，爱吃爱睡，吃着吃着能睡着，睡着睡着醒了又在吃。当年她携带着自身巨大的身躯来到岌岌岛后，被杜国平留下了。杜国平语重心长地告诉她，这儿能给你提供免费的吃住，而且住在这儿安全，并且能给你发工资。那天小岛因为停电，杜国平点起了油灯，并且端上了一盆地瓜。露丝就不停地剥着地瓜的皮，听着大海的涛声，这让她瞬间觉得自己十分文艺。她吃完地瓜的时候，对杜国平用台湾腔的童音甜甜地说，我总是需要考虑考虑的嘛。

　　除了每隔几天帮袁相遇洗一次澡，大部分的时间里，露丝会把袁相遇从床上抱起，扔进推车，推到二楼走廊上的一片阳光底下，并和他一起晒太阳。露丝每次都会对袁相遇耐心地说，晒太阳能促进钙的吸收的哎。说完这句话，她就什么也不说了。她和袁相遇一起，在阳光下坐成一对木偶。她最喜欢看的是院子里那棵孤独的泡桐，但杜国平一直认为，她的目光可能越过了泡桐，看到的也许是遥远的海面。

露丝喜欢三毛，她对三毛和荷西的爱情故事十分熟悉，其次就是撒哈拉沙漠。她觉得她不能去沙漠寻找三毛，那样她会迷路的，也会因为缺水而风干成一块地毯一样的人皮。但她完全可以去舟山，那儿是三毛的故乡。至于她到了舟山到了定海以后，为什么到了岌岌岛上，她不知道。反正有一天，她来到岌岌岛上，玩了一天想要离开的时候，台风来了，离岛的轮渡断航。杜国平留下了她，依然语重心长地说，哪儿有这地方好啊。住在岛上就像是隐居，以前的神仙不都是隐居的吗？你这样的仙女，就应该隐居。

然后她就没有再离开。她对靠在院门口的杜国平说，看在大海的面子上，我愿意给那个植物人洗澡喏。杜国平笑了一下，后来很长的时间内，他都能记得露丝站在院门口和他说这话的时候，身上滑稽地背着一只小巧的黑色双肩背包，像一只肥硕的冬瓜上爬着一只甲虫。

杜小绒抬起头，站在院子里那棵泡桐树下，一直长久地看着二楼阳台上表情木然的露丝和袁相遇。她总觉得露丝在哪儿见过。后来她想起来了，露丝很像周星驰电影《长江七号》里的美娇。这时候一朵白云轻手轻脚地飘过了13间房的上空，它挡住了阳光，在杜小绒和芦生身上放肆地投下了一块阴影。在这块阴影中，杜小绒听到了芦生棉花糖一样温和的声音。他说，我带你去你爸的房间。杜小绒就笑了一下，说，好。

芦生说，去你爸的房间，你会不会怕？

杜小绒继续笑了一下说，他都不怕生下我，我怎么会怕他的房间？

三

现在，杜小绒在芦生的带领下，踏上了过客酒吧旁边的楼梯。过客酒吧在一楼的最东面简陋得就像一间饭堂。这幢楼的楼上和楼下都有 7 间房，正因为酒吧占去了楼下一间，才让客房的总数成了 13 间。芦生在前边带路，他侧过身子和杜小绒说话，他说，其实这儿以前是知青点，后来知青都回城了，就留下了这一幢快要烂掉的楼。是杜国平把这个楼长租了下来，开成了民宿。杜小绒说，这个我早就知道。杜小绒说话的时候，一直盯着芦生的两只细长的脚，她一直都在担心，她担心那么细瘦的脚会不会突然折断了，或者突然被风吹断了。

杜小绒跟着芦生进了二楼杜国平的房间，杜国平住在 B13 号，房间里很简陋。墙角有叠起来的铁皮水桶，有一些凌乱的破轮胎，一台收音机，以及潮湿的海腥味。墙上有一张舟山群岛的地图，窗台上有一些贝壳，屋角还放着一根钓鱼竿，陈旧的老式写字台上，放着烟灰缸，烟灰缸里躺着几个死气沉沉的烟蒂。如果这间房子晃荡一下，杜小绒会觉得自己是登上了一艘在海面上漂泊的货运船。

当着杜小绒的面，芦生拉开了写字台的抽屉，里面安静地躺着一本账本，像一个熟睡的婴儿。

这是账本，你看看。芦生说，这几年民宿的生意都记在这上面了，有好多账是我记的。我这个月的工资还没有结。还有，账本里有两张银行卡，密码没人知道。该怎么处理，你看着办。

杜小绒斜了账本一眼，她笑了一下说，钱我喜欢的。

芦生说，钱谁都喜欢的。

芦生一直观察着杜小绒，又说，你好像一点儿也不悲伤。

杜小绒就转过了头，看着芦生，一会儿她的脸上浮起了笑意，说，就算我悲伤了，我爹也活不过来。所以不如不悲伤。

这话听上去是有道理的，但是芦生总觉得有什么地方不对。杜小绒看到了写字台玻璃板下压着的一张杜国平的照片。她觉得杜国平年轻的时候是真的帅。这样想着，她觉得其实做杜国平的女儿也挺好的。这时候芦生又拿出了一个盒子，打开盒子杜小绒看到了一枚金戒指、一个金手镯以及一些现金。甚至在这堆凌乱的物件里，还看到了一些票据、纪念币、手表……

杜小绒望着窗外，像是在轮船里望着窗外一望无边的大海。她其实是个四处游荡的骗子，她的真实名字叫任素娥。五年前在重庆解放碑附近的一家专吃辣子鸡的饭店里，她和素不相识的杜小绒拉扯了半天。她趁杜小绒不注意的时候，拿走了杜小绒的包，里面当然有身份证和手机。在后来的许多年里，任素娥一直使用着这只手机，她很奇怪为什么杜小绒没有去挂失。几年以后当她游荡到福州的时候，接到了芦生的电话，说你爹死了，你快回来。那时候她正在福州的一家小饭馆里吃一种叫太平燕的美食，在她的心里，一直在想一个问题，这种小吃长得跟馄饨一模一样但却为什么叫太平燕？然后她对着手机充满诗意地说，故乡在我心里，已经遥远得像一张船票。

芦生的声音再次响了起来，东西都在这儿了，你清点一下。任素娥回过头，朝着芦生温和地笑了一下。这让芦生有些意外，他想了想说，你不用感谢我的。

任素娥说，我没有想要感谢你。不过我会给你封一个红包。

芦生说，我不需要红包，只要把这个月的工资给我结了就行。

任素娥想了想说，我都忘了，我是什么时候离开家门的。

芦生把自己的后背整个靠在了墙上，他选了一个舒服的姿势，把两手插在裤袋里，甚至屈起了一条瘦长的腿，脚底就蹬在墙面上。时光如水，漫长的下午过得十分缓慢，从芦生那儿，任素娥知道，真正的那个杜小绒，在十五年前的某一天和杜国平突然发生了一场激烈的争吵，并且咬断了杜国平的一根手指头，然后她带着杜国平当初为了方便她上学给她买的诺基亚手机消失了。那天风雨交加，远处传来海鸥慌张的鸣叫。这是十五年前的事，杜小绒应该只有十三岁。

芦生说，你忘了吗？十五年前你离家出走。你很任性。

任素娥只好说，我没有忘。

任素娥又说，能不能让我一个人待一会儿，我心里有点儿乱。

芦生没有再说话，他无声地走出了杜国平的房间，并且带上了房门。

在任素娥一个人待着的时光里，她仔细地观察着屋子里的一切。她的包里带着一只小手电，小手电的光是白亮的，光线强烈。任素娥用小手电仔细地寻找着房间里的蛛丝马迹，她看到了躲在暗处的一只阴险的壁虎，两只躺在蛛网中央睡觉的蜘蛛，而且她还在房间墙上一处不起眼的地方，看到了用铅笔记录着的杜小绒的电话号。这串细长而暗淡的文字，连接着杜国平和她的关系。但问题是，杜国平至死都没有想到，一个骗子代替他的女儿来继承遗产了。对于任素娥来说，这样的继承，一定是需要速战速决，尽快离开小岛，以免夜长梦多。

黄昏终于开始来临了。任素娥现在代替杜小绒听到了风声，那是一场台风的前兆。窗外的树影开始轻微地摇晃，一些鸟的翅膀有了仓皇的迹象。任素娥离开了后窗，打开门，走到了阳台上。阳台其实就是一条狭长的过道，果然有许多风从过道上兴致勃勃地跑过，十分凉爽地钻进她的身体里，她把身子靠在了阳台的栏杆上，看到楼下的院子里，芦生拎着一盏有玻璃罩子的马灯在走着，他的另一只手上拎着一只竹编的篮子。风继续摇晃，海的腥味越来越浓烈地弥漫在院子里，接着，雨滴开始在昏黄的灯影里大颗地降落。雨点比较粗壮，但也十分稀疏，像是从天上飞奔下来的任性的孩子。风顺利地把所有的雨点都吹歪了，于是任素娥眼里的镜头，十分像是秋天一场露天的文艺电影。任素娥的心里欢叫了一声，她突然觉得自己是有一些爱上了这边海边的宅院的。他看到芦生在院子里抬起了头，他瘦长的腿像圆规一样插进了一双马靴里，衬衣袖口的扣子仍然紧紧地扣着。他细密乌黑的头发，依旧被风吹得东倒西歪。他朝任素娥笑了一下，举了举手中的篮子说，我给你煮了一碗黄鱼面，很好吃的。

　　这时候，任素娥的肚子才十分配合地咕噜了一下。她

15

确实饿了，在她饥饿的目光中，芦生不紧不慢地走上了楼梯，走到她面前的时候，任素娥才看清，篮子里安静地躺着一碗面条，面条的最上面，安详地躺着一条小黄鱼。小黄鱼的体态瘦小，但是却显得十分匀称。它什么也不想说，它只是顺便回忆了一下被渔民捕获之前幸福的童年。

任素娥重又回到后窗，打开窗子，在房间里吃面条。她吃得很仔细，一直把那条小黄鱼，吃成一把完整的梳子。对于这样的成绩，任素娥很满意。窗外的风声仿佛又紧了一些，并且不时吹送一些雨滴进入房间。她给自己做好了打算，晚上是需要好好地整理一下账本的，这座岛上有她需要的钱。她要带着钱离开岌岌岛，像风筝一样漫无目的地飘荡在任何一座城市。她习惯了飘荡，所以，她有无数个故乡。

也就在这时候，岛上那间孤零零的警务室里，幸福地坐着交通派出所的社区民警华良。他的手肘懒散地架在窗口，眼睛望着越来越黑的夜色，专注地抽一根叫做利群的香烟。在台风的前兆中，他显得无比宁静。今天妻子潘小桃给他打了无数个电话，这让他的内心十分烦躁。后来他索性不接了，他突然这样想，如果我不接电话，难道这天还能塌下来。他还接到了所里指导员的电话，说台风就要来了，你就在岛上留着，万一需要，引导老百姓抗台风。

他不仅不接潘小桃的电话，他甚至还决定了，去 13 间房的过客酒吧当一回过客。在警务室边上一些树叶开始纷纷被风吹落之前，他关上了警务室的门。他先是在警务室门口站了一会儿，路灯把他的身影无情地扔在地上。他就这么傻站着脑袋一片空白地发了一会儿呆，然后他踩着自己的影子向 13 间房民宿走去。他知道，杜国平已经在前几天死了，但是客栈还活着。

现在，所有的秘密，从华良走向 13 间房民宿的时候，都开始发芽了。

四

华良推开 13 间房民宿那两扇生了锈的虚张声势的院门，先是看到了路灯下那棵院子中间的泡桐树。这棵树应该已经有几十年的树龄了，风吹响了它的一树叶子，沙沙响着，仿佛十分渴望作一场即兴的发言似的。然后华良顺利地进入了院子，并且走进了一楼过客酒吧，他和柜台里的芦生打了一个招呼。芦生笑了，说华警官，真难得。

华良想，难得是什么意思？是不是我不太来喝酒的意思？于是他豪迈地说，以后就不难得了，以后我天天来，我准备把这儿的酒全部喝光。

华良选了一个角落的位置坐下来。他开始安静地喝酒，公安有禁令，工作时间禁止饮酒，他觉得晚上不是工作时间。事实上他对酒没有太多的感情，他不过是想借酒梳理一下他和潘小桃之间的感情。这个小岛上，就他一名警察，在一间不大不小的警务室里值班，骑一辆警用电瓶车，在小岛上巡逻。尽管他只是交通派出所的一名社区民警，但他觉得他应该干刑警才对。事实上他在所里的刑侦中队干过一段时间，后来所长说，你还是干社区民警吧。他就说，为什么，我不会破案吗？所长说，你破了几个案？你长得很社区，还是当社区民警吧。他这个社区民警，当得离家十分远，值班时需要从定海的三江码头轮渡抵达岌岌岛上班。而且他跟渔民和居民们混熟了以后，经常替岛上的人通过轮船从定海带来邮件和包裹。他觉得他更像一名穿着警服的邮差。

华良和潘小桃住在皇家庭苑，结婚了但一直没有孩子。在潘小桃的催促下，华良一共去医院检查过三次。每个医生都用一模一样的话告诉他，说他不孕，百分之百死精，几乎没得治。这让华良觉得有些对不起潘小桃，觉得自己好像欠了潘小桃一辈子。有一次华良想要用一下潘小桃的车，于是拿起刚进门不久的潘小桃放在茶几上的包，边翻着包边说，小桃，你的车我用一下。潘小桃在房间里正在打一个热火朝天的电话，听到声音她迅速地挂上电话蹿出来。她的脸上有一丝慌乱，从华良手中抢过包说，我拿给你。潘小桃看到了包上的拉链是合上的，于是就长长地吁了一口气。她找出车钥匙，递给华良，问，你去哪儿？华良说，肯定不是去赛车。

华良晃荡着钥匙，一点也没有异样地走出了家门。乘着电梯进入地下车库，打开车门，坐进潘小桃的车里，他发了一会儿呆。因为他刚才打开潘小桃的包时，分明看到了包里潘小桃的流产证明。他假装没有看到，觉得一切都没意思透顶了。他一点也没兴趣想搞清楚，那个跟潘小桃有了一腿的男人会是谁。华良是省警察学校毕业的，他的同班同学，当年睡在他上铺喜欢打呼噜的兄弟秦三望，已经做到了定海分局刑侦大队的大队长，但他还是交通派出所的一名普通民警。

潘小桃以前是银行的职员，后来辞职了，开了一个海鲜酒楼。以前她在信贷部工作，认识好多的老板。现在这些老板，都变成了酒楼的客人。她和华良没有共同语言，但也不会吵架，最多因为意见不合，而意兴阑珊地聊几句。前段时间，潘小桃已经提出了协议离婚，说是这样也没意思，也不想耽误了华良。华良就客气地说，不不不，那是我耽误你了。潘小桃就提出，皇家庭苑，算是定海区最好的楼盘之一了，这个希望留给她。另外，那台她正在使用的宝马 C5，也留给她。家里的存款，还有个百把万，但是考虑到她在做生意需要周转资金，也留给她，但是她可以取出其中的五万，让华良以备不时之需。华良心里想，这样自己也太吃亏了，于是就说，那你让我考虑一下。

潘小桃就轻轻笑了一下，说，华良啊，是个男人就要果决，其实我最看不惯的就是你思前顾后的样子。华良也笑了，说，你直接说我是个小男人就行。

潘小桃曾经喜欢文学，经常参加岛上的文友聚会，最爱的是川端康成的《雪国》。她说要是川端康成在中国，至少应该获鲁迅文学奖。华良没有明确的爱好，有一段时间迷过《天龙八部》，所以潘小桃就说华良没有理想。后来潘小桃从银行辞职，开了海鲜楼，从此文学书一本也不再看了，而华良却开始读小说。他主要读余华的小说，他最喜欢的是余华的《在细雨中呼喊》，并且发现这个长篇小说发在《收获》杂志上时，名字叫做《细语与呼喊》，发在同一期上的还有王朔的《动物凶猛》。当然，华良也开始读《雪国》，读到《雪国》的时候，他觉得自己仿佛是在夏天喝一杯香郁的绿茶，清新而冰凉。但是潘小桃仍然认为华良没有理想，华良就十分纳闷，理想到底是有几个意思？有一次华良很认真地找到了酒楼，潘小桃正在跟一帮老板喝酒，兴高采烈地聊一个文化地产项目。华良就站在包厢的门口说，潘小桃潘小桃，我有件事想告诉你。潘小桃站起了身，走到了门口，把身体靠在门框上，睁着一双仿佛有些醉意的眼睛说，很重要的事吗？华良认真地点了点头说，非常重要。潘小桃就说，那你说。华良说，我跟不上你理想的步伐！

华良觉得每天打扮得花枝招展的潘小桃，和以前嫁给他的穿衬衣梳马尾巴的潘小桃，完全是两个人。现在的她特别爱假扮名媛。他不喜欢名媛，潘小桃也不再爱他，她喜欢和一批成功人士一起喝茶，说是雅集。华良深深地知道，警务室里值班的人，是很难雅集的。

曾经有一次，潘小桃语重心长地告诉他说，人是分档次的，社会是分阶层的。华良就说，人分档次，可是身份证不分档次。潘小桃就很失望，说，为什么你同学秦三望是大队长，而你不是？这就是档次。华良就笑了，说，可是他发的警服和我发的警服，面料是一样的。潘小桃说，你要是这样想，那你真的无可救药了。华良就说，谢谢你，不用救了。潘医生。

那天，华良这样想，是不是有人偷偷把潘小桃换走了。和他生活在一起的，可能是个假潘小桃。

五

谷来住在民宿二楼靠西边的 B7 号。她像一棵刚刚从地里被收割的白菜，有着充足的水分，但是没有热烈的色彩。这天她经过了一楼过客酒吧的时候，迟疑了一下，最后像是有一只多情的手把她拉进了门。她站在柜台前一丛比较暗淡的灯光下，从华良的角度看过去，这棵清新的水质丰富的白菜，在灯光下泛着一种迷人的亚光。隔着利群香烟的烟雾，他看到白菜向她走来，并且在她身边坐了下来。那天殷勤的芦生为谷来调了一杯酒，他说蓝色妖姬，果然看到有一丛蓝色的火焰在杯子里燃烧。谷来就想，难道妖姬就是火焰？

那天不知道是谁先聊起了文学的话题。华良说自己爱看川端康成的《雪国》，并且已经在《啄木鸟》杂志发表了一篇一千多字的散文。说这些的时候，他想起了自己在警务室里，百无聊赖时对这篇散文的构思。他同谷来讲，他主要写的是他家的那条弄堂。弄堂叫钞关弄，一百米都不到，撒泡尿能从街这头流到街那头。但是这既窄又短的弄堂，这屋檐低小的弄堂，三百多年前却是定海最繁华的地方。因为康熙年间，四大海关之一的浙江海关官署设置在定海，所以才有了钞关弄。这条弄堂的荣光，在华良眼里一点也不能感受到，他只是能记起小时候他撑着雨伞走过弄堂去学校上学的情景。后来他成家，没有新房，直接搬进了潘小桃买的房子里。后来，他们换过一次房，就是现在的皇家庭苑。潘小桃对房子很满意，但是对楼盘的名字不满意，她十分鄙夷地说，俗了，一点也没有文学性。这话让华良听了很心塞，他没觉得俗，他连小区叫什么名字都不去考虑。他只考虑房子好不好。

在酒吧里，陆续来了一些住在13间房民宿的客人。他们推开酒吧门的时候，总能带进来一股咸涩的海风。风仿佛开始比白天密集起来了，台风警报通过好多自媒体公号不停地发布着。华良对台风见惯不怪，台风就像一个远房的亲戚，想起要来看你的时候就来了，然后又突然消失了。华良只记得有几场台风风力大的时候，会把窗户吹烂，会把广告牌撕碎，会把树连根拔起。而在他心里，特别希望的是台风把所有的犯罪分子，统统吹到大海中去。

谷来很安静。她会不时地笑笑，那杯曾经燃烧着火焰的蓝色妖姬，火焰已经熄灭了，酒也被喝掉了一半。谷来说，像果汁。华良说，越像果汁，越会让你放松警惕。谷来就又笑，说，我没啥好警惕的。这样说着的时候，她的眼睑忧伤地抬起来，望了望酒吧简陋的顶部。这时候华良突然觉得谷来这样长得像白菜的女人，比他的名媛妻子要真实得多。

你很像一棵白菜，华良出其不意地说。

谷来愣了一下，说，是因为白吗？

不是。是因为素。华良想了想又问，你在这儿住多久了？

我住了有个把月了吧。谷来把眼睛笑成了一条缝，说，我喜欢这儿。你知不知道有首英文歌，叫《美丽的小岛》，我喜欢小岛。于是华良就把芦生叫了过来，他说，芦生，你放一首歌，叫《美丽的小岛》。芦生的手在围裙上认真地擦了擦，他胸有成竹地说，我记得的，音乐库里有这首歌。他不说网上有这首歌，他说音乐库，仿佛他在管着一个硕大的仓库似的。

然后一个叫麦当娜的女人的声音响了起来。华良就轻微地闭上了眼睛，他果然听到了欢快的歌声。这让他的脑海里轻而易举地浮起了沙滩、海水、阳光以及拖鞋和短裤短裙，汽水饮料，当然还有看不见的却无限汹涌滚动的热浪……与此同时，楼上的 B13 号房里，那个像壁虎一样蛰伏着的骗子任素娥，也隐隐听到了这首欢快的歌曲。在此之前的一刻钟左右，她手里握着那个光线充足的小手电，发现了一个巨大的秘密。她打开一扇老式的柜门，想要寻找一些值钱的可以变现的东西时，突然用手电筒照见了柜门有一处被磨得锃亮。这个部分相当于柜子的腰，说明经常有人在扶这个腰。显然，这扇柜门老痕斑斑，美人迟暮。任素娥用力地移了一下柜子，才发现整个柜子相当于一扇沉重的推门。这时候任素娥的心跳开始加快，她觉得仿佛是阿里巴巴找到了藏宝的山洞，眼前即将亮起一道炫目的光。

六

任素娥在这间密室里，没有发现四十大盗的宝藏，但是发现了密布的暗线，以及四台显示器，还有小房间内像灰尘一般弥漫着的发霉的气息。显示器上微弱的跳跃闪动的亮光，像是海面上浮起的一小片光。这道光吸引着任素娥，让她一步步走过去，并且在显示器前一把老旧的藤椅上坐下来。她轻轻地呼了一口气，觉得自己显然是需要好好研究一下这些显示器了。显示器屏幕上的图案，分割了这个民宿的各个房间，而且摄像头无疑对着房间里的床。于是任素娥明白，这是杜国平的一间密室，杜国平一直在暗中偷窥着住店的客人。显示器已经很陈旧了，说明杜国平偷窥了很多年。

任素娥看到屏幕中间的一间房里，一个瘦小的女人，正在接受一个年轻男人的抚摸。女人上了年纪，她的脸上贴着面膜，看不到她的五官和表情。她把松胯的手往后环过去，环住了男人的脖子。男人就在女人的背后，抱着她像抱一个半大的孩子。他们长时间地纠缠着，任素娥能够想象出女人的喘息。因为她的肢体动作仿佛开始变得激烈，像是被过了电的一只青蛙。她突然一把扯掉了面膜，任素娥看清了一张如核桃皮一样皱巴巴的脸。这是一名六十岁以上的女人，任素娥觉得她一定是从《画皮》中走出来的。这时候任素娥的胃开始不停地泛酸水，她大口大口地喘着气，然后迅速地钻出了密室。

很长的时间里，她把自己靠在那扇老年的柜门上，脑海里一片空白。仿佛显示器里是另一个世界，那么鬼魅。楼下酒吧里麦当娜的声音卖力地挤进了杜国平的房间，丝丝缕缕地跌落在任素娥的身边。任素娥闭着眼睛平复了一下心情，她开始缓过神来了，仿佛回到了这个真实的世界。麦当娜的声音仿佛是在说，任素娥啊，你来来来。任素娥就想，来就来。于是她打开了 B13 的房间，在声浪突然变得更响的一堆音乐声的裹挟中，她趿着那双人字拖，晃荡着走向楼梯。她变得欢快起来，音乐像渗透进她的血液，并且流向了她的心脏。于是她的整个身体，如同灌满了风，迎合着音乐，摇摇摆摆地下楼。走到楼梯口的时候，她遇到了一个正上楼的女人。女人深深地朝她看了一眼，但是她没有看女人。她觉得她的重点现在应该是摇摆，任何不相干的人，顶多不过是一个影子。

七

　　华良微闭着眼睛，想象着麦当娜歌声里的美丽小岛，该是怎么样的一番光景。至少不会像岌岌岛一样，每年都要经受台风的洗礼。他想到了小岛上飘浮着的咸涩海风，一只小圆桌面那么大的海龟，或许正在沙滩故作矜持地下蛋，比如说，热带的棕榈叶被风吹响叶子，一条舢板在浪里浮沉……华良睁开眼的时候，不见了谷来，倒是看到对面坐着穿拖鞋的任素娥，仿佛是她把谷来给替换掉了。看上去任素娥是刚刚坐下，跷着二郎腿，十分从容悠闲的样子。那脚尖上的一只拖鞋，就开始像钟摆一样晃荡起来。她顺手就抓过了桌子上那包利群牌香烟，麻利地弹出一支，用嘴叼住，然后麻利地给自己点上。喷出一口烟的时候，她对华良笑了笑，说，要不要来一支？华良没有说话，他记得这烟是他的，而不是任素娥的。最后华良也挤出了一个笑容，给自己点上一支烟。外面的风，仿佛是又大了一些，风声有些嚣张的样子。院子中间那棵巨大的泡桐，沉沦在黑夜的颜色里，摇晃得比白天厉害了许多，像发冷发热寻死觅活的样子。这时候，任素娥在树叶的声音里，记起华良在白天的轮渡上，就坐在自己的身边。那时，华良对着手机果断地说，我跟不上你理想的步伐！

在任素娥飘荡过的任何一座不一样的城市，她都会至少选择去当地一家酒吧里喝酒。她觉得自己就是一名过客，这个美好的人间并不属于自己。她觉得自己沧桑、孤独，没有依靠，像一片被风可以吹到任何地方的——比方说美丽的坟头，或者潮湿的阴沟里的树叶。所以，既是过客，就什么也不用去管了，总是希望抓住任何可以享受的时机，去感受一下他娘的人生。

酒吧角落里那台丑陋的黑色音响，开始装模作样地播放一首新的音乐。一个女人，在喇叭里不停地唱着，阿刁，阿刁。芦生站在昏暗得如同旧社会一样的柜台里，装作很会调酒的样子，不停地摇晃着身子，用右手剧烈地甩动着酒杯。一会儿举高，一会儿放到柜台台面以上。这让任素娥有些担心，她觉得有可能芦生这样勇猛的甩，会把酒杯甩破。

　　不知道是谁打破了沉默。反正在这台风还没有完全来临的夜晚，他们聊得热烈而投机。华良仿佛特别想说话，他有那种想要把一生的话都说完的欲望。他主要先从岛上的一些景点打开话题，然后说到了一些动植物，以及生命这种奇怪的现象。任素娥也听得来劲，她一度认为，华良的声音有点像解说《动物世界》的那个赵忠祥。任素娥顶喜欢华良口中岛上那个叫鹿鸣坳的地方，因为那个地方生活着一群獐。生活着獐为什么还叫鹿鸣坳？那是因为獐和鹿长得几乎是一样的，或者獐就是一种鹿。芦生将头低下来，身子穿越了那块柜台挡板下面的空洞。他走到了任素娥身边，把一杯刚调好的酒放在桌面上说，鹿鸣坳不远的坡上，就埋着你父亲。找个时间，我会带你去看看的。

　　于是华良在点起一支利群香烟的时候，隔着烟雾能看到这个叫做杜小绒的任素娥，原来是民宿老板杜国平的女儿。任素娥举起那杯酒，抿了一小口，问，这叫什么酒？芦生就忧伤地说，秋心。于是任素娥就咯咯地笑了起来，她笑得有些放肆，当她意识到自己的笑声有些过头的时候，猛地收住了笑。芦生继续忧伤地说，秋天鹿鸣坳的芦苇会白，风一吹，白浪一样一片一片，时高时低地起伏着。如果有一天我死了，我也想葬在这样的地方，可以听到海哭的声音。

任素娥就觉得十分无趣。她不喜欢文绉绉说话的芦生，棉花糖一样地无趣。于是她猛地喝下了一大口酒说，这酒酸了。

八

这天的酒吧里，一共来了五个人。除了华良和任素娥，还有一个叫郝建功的中年男人，一个叫胡友权的退伍多年的军人，还有一个叫周亮工的剧作家。在任素娥的提议下，这些人坐成了一桌。华良平静地微笑着，他隔着烟雾看欢快的任素娥吆三喝四地招呼着大家。她的声音感染了在场的人，她甚至还在喝到高兴的时候，让芦生把那首《美丽的小岛》再放一遍。她的目光在众人脸上快速掠过，眼含笑意地说，我决定跳舞。

音乐开始提高了音量，节奏明显，有那种重金属音效。这时候，一场雨由远及近，悄悄地从海面上空往这边快速包抄过来。最先抵达的是一片细小的雨，比雾浓烈一些，很快这座小岛就变得湿润了。

任素娥果然跳得奔放，在音乐的声浪里像是要把地板踩成碎片。在如此奔放得像一匹脱缰野马的过程中，她被自己像是要拆开身体般强烈的舞蹈吓了一跳。她想起自己居无定所，四处行骗，甚至有时候食不果腹。但是她过得充实而愉快。她也想起自己根本没有学过舞蹈，但是竟然跳出欢快的节奏和花样繁多的舞步。她觉得自己身上有了轻微的汗水，在这种黏黏乎乎的感觉中，芦生走到了她的身边。他突然在任素娥的耳边说了这么一句话，你好像很开心的样子。

这话让任素娥有了许多酸楚。她想到自己是因为得到了父亲突然亡故的消息，赶来奔丧的。她应该表现出足够的悲伤，于是她努力地让自己悲伤起来，为此她还差点滴落了泪水。但是，她现在代替杜小绒离家十五年，十五年时光可以消磨很多的东西，包括感情。她对父亲的感情一定是陌生而疏远的，再说，假如像野马发疯一样的欢乐，也许也是表达悲伤的一种方式。这样想着她的心里就充满了底气，她大声地对芦生说，难道我就不可以很开心？难道我就应该难过得寻死觅活？

任素娥的心里充满了无限的快感，她觉得骂人真是一件过瘾的事。于是她继续骂人，她说，妈的，妈的妈的，妈的妈的妈的，芦生你他妈的给我滚蛋，你个猪狗不如的东西。

芦生愣了，他突然想不明白，自己怎么就猪狗不如了。他一点也不生气，这么些年一直在这个半死不活的民宿里帮杜国平料理生意，在和难缠的顾客的交往中，他已经不会生气了。他被海水封印在岌岌岛上，很像是阿拉丁神灯里的一个故事。他觉得自己有可能本来就猪狗不如，甚至过得不如岛上的一只蚂蚁。所以他也变得兴奋起来，他笑了，笑得脸上的肌肉都变了形。他大声朗诵，今夜，我猪狗不如，我什么都不想要，我只想跳舞，把腿跳断，我只想烛火把天空烧穿。

任素娥对芦生这种文绉绉的行为十分不满，不愿再理他，她用鄙夷的目光在自己的视野里开除了他。这时候她的身上开始密布细微的汗水，重新回到座位上坐下时，她看见的是华良的目光。他把自己坐成了一幅静默如定格镜头的油画，仿佛充满着十七世纪的古意。

油画中的华良对任素娥笑了一下，他说看上去你充满了故事。你很神秘。

这让装作若无其事的任素娥不由自主地举起了杯中的酒，她掩饰着自己一闪而过的慌乱，她觉得充满故事这句话中，有很多火药和危险的成分。后来她把酒杯稳妥地放回到桌面上，说，有故事的是这杯酒。

华良笑了笑，不再说话。他把目光投向了酒吧台里面的酒柜，仿佛酒柜里的酒中，都深藏着各不相同的故事。

就在这时候，雨声已经很响了，雨敲打着一个户外的灯箱，差点就把灯箱上 13 间房几个红色的字给敲碎了。雨也敲打着屋顶，以及院中那棵老气横秋的泡桐。

这个晚上在强烈如瀑布的雨声中，酒吧里的每一个人，都开始说自己的故事。说故事的时候，酒吧安静得像已经睡着一样。这使得每一个人嘴里的故事，也显得十分安静，像被雨完全笼罩。

即便是在很多年后的一个黄昏，任素娥仍能清晰地回忆起这个雨夜那些人讲的故事。那是任素娥提议的，她举了举酒杯说，不如我们都来讲故事吧。所有的人都沉默，她看到华良又抽起了烟，他的脸隐在烟雾的背后，若隐若现。她只能看清华良的一只眼睛，华良一只眼睛中充满着笑意。

先讲故事的是那个叫郝建功的中年男人。他带了一张照片，照片中盛开着一个叫水芹的女人。水芹是他的相好，他们已经无声无息地好了十六年。每年他们都会到一次岌岌岛，并且就住在 13 间房民宿。每次他们都把短暂的日子过得很甜蜜，郝建功都会说，你再等等，再等等我就离婚了呀。水芹只是笑笑，说，好。郝建功说，我在办离婚了，快了。水芹说，好，不急。郝建功并没有离成婚，但是他的老婆死了，老婆死于她漫长而缠绵的病。郝建功还是很难过的，足足有半年，他沉浸在失去老婆的痛苦中。半年以后，是他和水芹相好的第十七年，郝建功带着水芹又来到了岌岌岛。郝建功拿出了一枚婚戒，说，我们可以结婚了。水芹却说，我要跟别人结婚了。她不想要这段等待了十六年的感情，她说我也会累的呀。

她说，我说我会等，但你不能让我等。

她说，我说不急，但你就不能认为我真的不急。

她说，你老婆死了才娶我，你的算盘打得太精明，我不太喜欢跟那么精明的人一起生活。

郝建功在这第十七年的岛上的约会中，把水芹送上了轮渡，让她一个人先回去。水芹是要结婚的人，所以郝建功只能算是朋友，甚至连朋友也算不上。郝建功侵略掠夺了她整个的青春，最后想弥补的不过是一枚不再值钱的婚戒。在码头送水芹上轮渡后，他回到了 13 间房，在院子里站了很久以后，他把那枚钻戒埋在了泡桐树下。然后他在树下抽了一根烟，直到一枚泡桐的叶片被风吹落，打在他头发开始稀疏的头顶上。

任素娥举了举杯中的酒，说，我就看不起你，怎么会有你这么自私的男人。你两个女人，一个也没落着你的好。你简直是个败类啊。

郝建功就把头深深地埋了下去，再次抬起头时，脸上全是泪水。他举起右手狠狠地抽了自己一下耳光，响亮的声音把任素娥吓了一跳。郝建功说，你说得对，我就是个败类。

接着讲故事的是胡友权。胡友权年轻的时候，是岛上的驻军部队的。这儿是东海前哨，有遗留下来的明清炮台，说明一直以来都是需要驻军的。他记得自己所在的这个连，一共有一百三十五人。红砖搭成了一长溜的营房，营房的墙上顽强地用白石灰写着"我们一定要解放台湾"。当他时隔二十年，再次踏上岌岌岛上时，发现驻军没有了，留

39

下了一排排的营房。这些房子都生锈了，房前屋后长满了荒草，势头很茁壮的样子。特别是操场上的单双杠，孤独地立在那儿，像已经苍老的样子。所以胡友权不由自主地走向了双杠，还握着生了锈的双杠，气喘吁吁地完成了第三练习。当他从双杠上跳下来的时候，心里涌起了无尽的悲凉。他觉得二十年前站在双杠下，和现在的姿势一模一样。但是这中间只是眨了一下眼睛，青春就瞬间蒸发了，时光快得像一颗当年被他在靶场射出的子弹。

当年胡友权和班长在海滩执勤。班长从潮水中救起了一个孩子，自己却和五六式冲锋枪一起被水冲走了。孩子在沙滩上陷入了长久的昏迷中，于是胡友权想办法弄醒孩子，然后告诉他，是自己救了他。他立了功，接到团部的嘉奖命令，并到各海岛连作报告。他成为英雄，后来一直当到排长转业，回到宜兴老家，分配了一份国有企业的工作。前段时间，他在体检的时候，查出了癌症并且晚期。所以他要再来看一看，其实他一直想来，但一直不敢来。他怕班长不原谅他，但他终于还是来了。现在，他不仅在操场上听到了遥远的军号声，而且还看到了班长。班长仿佛海市蜃楼般出现在他的面前。

他问班长，你怪不怪我？

班长朝他笑了笑，没有说话。

他说班长，你喊个口令，我马上就要和你来集合了。

班长仍然笑了笑，仍然没有说话。他难道是个哑巴？

他说，班长，我就知道你不肯原谅我。

这时候班长开口了。但是班长的声音，被潮水涌动的声音迅速掩盖了，变得十分缥缈，像被门缝压扁了似的。

胡友权说着往事，眼睛望向酒柜上的酒，像是能望到海上，以及海上按惯例会升起的一轮明月。任素娥从华良放在桌上的烟盒里，果断地抽出了一棵利群香烟，并熟练地为自己点上。她跷着二郎腿，晃荡着光溜溜的脚尖，那双"哈瓦那"人字拖已经掉在了地上。她十分惬意地吐出了一口烟。胡友权的目光转向她，十分热切，他在等待着任素娥给出的答案。

任素娥如烟一般轻飘飘的声音终于响了起来。任素娥

41

说，战友已经原谅你了。

胡友权的眼泪就纷纷扬扬地落了下来，后来他哽咽着声音说，你能不能再说一遍？我特别喜欢听你说话。

任素娥说，这个世界上还有什么不值得原谅吗？

胡友权号啕大哭起来，哭得像一个迷了路的孩子。他说，你说的都是真的吗？

当然是真的。剧作家周亮工一直在13间房民宿里闭关，他其实是一个能把剧本和生活分得很清晰的男人。他听到了胡友权的故事，于是觉得像一个相对单薄的剧本。他记起一个月前，有个姓李的制片人，皱着眉头从上海赶到民宿来找他。李制片那天在岌岌岛上一家吃海鲜的小馆子里，激动地给周亮工描绘了一下蓝图。李制片说，公司有的是钱，账上躺着好几个亿呢。周亮工于是问，是横躺还是侧躺。

李制片就愣了一下，后来他说，不管怎么躺，都一样是躺。他说你好好写，这部戏肯定是要请梁朝伟来演的，或者和他级别相当的演员。李制片还带来了一个女演员，女演员说她看中了里面那个叫春丫的角色，说春丫什么都好，就是名字土。你看能不能叫戴安娜之类的。然后，女演员说，她是怎么理解的这个角色，在演绎的时候，将要怎么样来演好这个角色。她说这些话的时候，微闭着眼睛，像是沉浸在艺术的想象中。而周亮工的眼睛一直望着盆子里的一只青蟹的蟹脚，在想如果一只蟹丢了一只脚，对于一只蟹来说，是不是就是残疾了。它一定疼得不得了，从此整个蟹生都会变得索然无味。那它是不是还能领到残疾证？后来周亮工的目光从蟹脚上抬起，他朝女演员客气地笑了一下，说，你一定能演好的。

女演员就和李制片对视了一眼，她的眼中露出了一道欣喜的光。她说，你看，编剧老师都觉得这个角色适合我。我希望周老师给我加点戏。

那天周亮工喝醉了。他醉倒的形式，是把自己趴在充满着腥味的桌上。他睡得十分踏实，类似于小时候上学时的午睡课。他觉得海风是暖的，酒的气息是芬芳的，海鲜其实也算是新鲜的。他有些被生活感动，觉得生活对自己是不错的。这时候他能听见李制片在对女演员夸海口，说你要是这一部戏参加演出了，你就跻身国内二线以上的演员。因为，你要演绎的这个角色，心埋轨迹比较复杂。

周亮工把脸伏在桌上，他的心里冷笑了一声。他特别想说，这个李制片就是想骗你上床。但是他没有说。他觉得自己不想说，主要是因为自己有些累了。而且这一天，是周亮工妻子的忌日。那天他的脸就贴在充满海腥味的桌子上，顺着眼眶流下无数的眼泪，像是一只被扎了个洞的水袋。

一个月已经过去了。这一天周亮工的剧本完稿。他特别想多喝几杯，然后准备好好地睡几个懒觉。然后整理行装乘轮船先从岌岌岛回到定海，然后返回他生活的嘉兴。那儿有他六岁的女儿，每天都会打一个电话来问，爸爸，海水到底是不是蓝色的？

故事都讲完了。任素娥不知不觉中已经抽了华良的好几根利群烟，好像桌上那盒烟的主人是她。在大家不再说话的时候，任素娥隔着音乐的声音，竟然听到了遥远的风声。她突兀地笑了一下，这就让她的笑声显得有些刺耳。所有人的目光都忧伤地集中在她身上。她说，要么我们划拳吧。谁输了谁喝酒。

周亮工、胡友权和郝建功都愿意加入。华良犹豫了一下，也加入了进来。他们忘了划了多久的拳，也忘了一共喝了多少酒。他们就是觉得这个夜晚，被雨淋透了，泡涨了，显得比平常的夜晚更加漫长。任素娥划拳的状态好，一直没有输，意气风发的样子，所以她很少有喝酒的机会。每个人都呼呼地喷着酒气，喝得摇头晃脑了，只有任素娥，随着夜的深入，她愈加清醒。后来她打了一个哈欠，走出酒吧的门，一脚踏进了外面的风雨中。

她说，睡觉！

这时候夏天的虫子开始在风雨声中鸣叫起来，疯狂而压抑的声音融在夜色里，被雨声掩盖。任素娥看到了院子里那棵随风摇摆的泡桐树的枝干，以及砰砰作响的屋顶上白铁皮被风吹起而冲撞磕碰的声音。风一阵一阵把雨吹歪，甚至能吹起地上的积水，像飞起了一小片海。任素娥想了想，在清凉的空气中，她觉得这个夜晚算是在和虚假的父亲杜国平告别吧。杜国平在天之灵，保佑我行骗成功，任素娥轻声对着风雨中的院子说出这一句话时，心头叽叽嘎嘎地欢畅了一阵。

一阵被风吹过来的雨，突然就淋了她一身。

九

现在，任素娥坐在二楼 B13 杜国平房间窗前，一动不动。她面前的桌面上，放着几沓整齐的纸币，以及一小沓被她捋好了的皱巴巴的零散的纸币，像蛇蜕一样毫无生机，甚至还有三个看上去极小的金戒指，一块陈旧的梅花牌手表。除此之外，还有一些票据，以及 13 间房这些村集体用房的使用协议。任素娥后来才知道，这儿以前是一个知青点，住了一批上海来的知青。这些知青不仅会干农活和捕鱼，而且还会谈恋爱。这些都是芦生在白天告诉她的，芦生还说起了那个植物人袁相遇，他以前应该是二老板，是大老板念旧情一直养着二老板……

任素娥听到窗户被风吹开，她看到了外面黑色的夜，随即她猛地将窗户关上。她想要离开了，她觉得再住下去没有什么意思，她得赶往她的下一站。比如说，她其实想顺道去一下台州，看一看戚继光抗击倭寇的地方。她也想去一下绍兴，看看三味书屋是怎样的一所学堂。她其实偶尔也看书，觉得爱读书真是一件比较高级的事。但她更多看的是《从你的全世界路过》，她觉得里面的感情，让她十分羡慕。她心里是这样说的，他妈的，能不能让我也有这样的爱情？

任素娥后来再次推开了那只老式的柜子，进入了杜国平的那间密室。在狭小密闭的空间里，风雨的声音瞬间被隔开，仿佛这里面是另一个妥帖安稳的世界。她安静地坐了下来，像开始一场工作一样，开始看各个监视器的画面。13 个房间所有人，都被收入到了监视器中，仿佛上帝监视着有罪的人间。

任素娥看到了二楼西边第一间 B7 号的谷来，她和住在二楼东边第一间的任素娥遥相呼应。谷来在监视器里亲切地为自己泡茶，她带了一套复杂而精细的茶具，这和粗枝大叶的任素娥刚好是两个极端。谷来坐在茶桌前，她在喝茶和看书。如果不是她在给壶中添水，视频就像是一幅静止的画面。

任素娥还看到了华良。华良大约是醉了，和衣仰天横躺在床上，两只脚伸在床外。他在用手机接听电话，另一只手在空中胡乱地挥舞着，正在发着脾气，并且他还坐了起来，激动地对着手机吼了几声，然后他把手机扔在了床上，又仰面气咻咻地躺了下去。另一个房间里，郝建功坐在一盏陆地灯下，像一个神经病一样拿着一枚戒指，不停地戴上，又摘下，再戴上，再摘下。还有一个房间里，是胡友权在认真地吃药，他吃得缓慢，温柔地给自己倒水，慢慢地服药。对于一个即将离开世界的男人，可能这世界已经没有什么重要的事了。他的心境平和，吃完药他开始认真地洗漱，甚至他躺下的时候，竟然把被子盖得十分整洁。他怪异地对着天花板笑了一下，任素娥没有见他伸出手去按开关，灯就熄灭了。胡友权的房间，瞬间陷入了黑暗，和他苍白的人生一模一样。周亮工还在喝酒，他坐在写字桌前，桌子上一台手提电脑的荧光让他的脸色看上去有一些寒意，或者说看上去有些微蓝。他在抽烟，并且不停地敲打着键盘。有时候他也会停下来，喝一口打开了的啤酒。一会儿，周亮工站了起来，他瘦骨嶙峋的样子呈现在屏幕上。他穿着肥大的沙滩裤，赤着膊，而且他的腿瘦得像两根麻秆。任素娥特别担心，显示屏幕里会不会传来啪的一声，那瘦腿会被一阵风给随时折断。周亮工开始踱步，他一定在想着什么重大的剧情吧，或许跟谋杀案有关。任素娥的心里，叽叽嘎嘎地这样想。

任素娥后来翻起了自己的手机。在一个微信群里，无意看到了一条重庆警方的协查通报。通报里有好多长得比较奇特的人的照片，其中就有任素娥。在关于任素娥的那条协查通报中，显示她已经二十八岁，是个骗子。任素娥就顺着这条公号，在这个风雨交加的夜晚开始回忆她的行骗往事。她骗过很多男人，因为很多男人其实是想和她谈恋爱的，或者说是想把她给睡了。然后她就让他们给钱买礼物，她总是这样说，你总要对我有一点诚意的好吧。她对礼物其实一点也没有兴趣，所以她其实拿了钱也没有去买东西。她认为钱是最好的，钱比爱情好多了，钱还可以买大部分的健康，办成百分之九十九的事。跑得最远的时候，她跟一个对天发誓要爱她三生三世的男人去了缅甸，结果掉了三层皮，差一点儿没回来。那时候起她就不太敢碰爱情，所以她在《从你的全世界路过》中去找爱情。她觉得爱情太辛苦了，太累了，太不真实了。特别是她这个打不死的骗子居然栽在了一个男骗子的手中。那个男骗子有一脸的坏笑，眼神明亮，卷着袖子敞着怀，个子高挑，经常带她喝酒吃夜宵，说是要带她去郊外草地放野火，要带她去夜里的墓地偷随葬的金戒指。他不是一个类似芦生这样的诗人，但是他说出来的话总是让她的心差点跳出喉咙。他说我要带你去吹吹野风，我要带你去浪迹天涯，我要带你去做神雕侠侣，我要带你去四季发财，我要带你去偷，去骗，去抢，去生十个孩子，让他们长大了全部当上将军，率领十个军，你就当女司令员号令三军……

在男骗子无尽的想象和描绘中，任素娥完全沉浸在爱情中。她不停地笑，她笑一下二下三下，她笑得特别妩媚与明亮，笑得因为爱情而由内而外溢出了无限的幸福。现在关于她的协查通报的奖励是举报相关线索一万元，举报落脚地点，一旦查实后奖励五万元。于是，她知道她顶多值五万元……她想，他妈的，我为什么只值五万元。

所以，现在的任素娥还在想，是不是可以索性留在 13 间房民宿，让自己安静得像那棵院子中间的泡桐。她不仅可以继承杜国平为数不多的钱，也可以继承这儿的经营权。主要是她可以去海边散步，她还想去那个鹿鸣坳看看，一定会遇到比那个骗子的爱情更美好的美丽的鹿。在这个岌岌岛上，没有警察局，警务室里唯一的警察华良，看上去是个糊涂的酒鬼。这样想着，她突然觉得自己有了开民宿的理想，她想这不是很文艺的生活嘛，这已经无限接近

《从你的全世界路过》中的生活。她想起自己骗过的一个人，是杜国平的女儿，杜小绒。在重庆解放碑的一家火锅店里，她拿到了杜小绒的身份证。而她们竟然长得有几分相似，她直接就冒名顶替了。除了身份证以外，她骗到了杜小绒的手机，她说借我用一下，然后拿着杜小绒的手机，在火锅配料的气味汹涌澎湃的店里边打手机边兴奋地挥舞着另一只手。然后她走进了店门口的阳光里，阳光从四面八方直射过来，齐刷刷地扎向了她。然后她像是电影中的一个镜头一样，被太阳光吸走了，消化了，蒸发了。杜小绒坐在店里那张火锅桌边，望着本来生龙活虎说要给她介绍生意的一个活生生的人突然消失。和她一起消失的是她的身份证和手机。

　　杜小绒懒得寻找手机和身份证，她甚至懒得报案。在人生处于低谷的时候，很多人都会犯懒，比如说杜小绒甚至都懒得活着，如果不是为了那个曾经收留她的会弹钢琴的老太。杜小绒整个下午的视线，都是远处的街道，人来人往，但是在她的眼里几乎是空落落的。她觉得所有的人都不存在，只有远处那座一看到就能让你耳畔响起遥远的枪炮声的解放碑，显得硬朗而真实。

任素娥并不了解杜小绒的一切。任素娥不过是一朵会行骗的浮萍，有几分姿色，主要是比较青春，以及有三寸不烂之舌。和杜小绒的懒相对应，她只是想活。她总是这样想，他妈的，活着真是太美好了。

十

谷来再次出现在华良面前的时候，是第二天的清晨。风似乎小了些，雨显得零星而细碎，但是不停地有被吹送过来的清凉。谷来穿着一件白 T 恤，穿了一条牛仔裤，一双回力牌的白球鞋。她更像一棵朴素的白菜了，就这样窗明几净地站在穿了一身警服的华良面前。谷来冲华良笑了一下，她的牙齿很小，所以看上去显得有些细碎。她的手中握着一本书，竟然是《雪国》。

他们并排站在屋檐下，一直都没有说话，像一部电影里的长镜头。谷来觉得这样的夏天的清晨，全身被清凉包围着，无论如何都是一种身心被涤荡的感觉。岛上的树木和草以及蠢蠢欲动的泥土，散发出来的负氧离子正像大军压境一样，向这边汹涌地赶过来。反正不管怎么说，谷来觉得这个清晨令她愉悦，并且，她十分乐于陷在这样的静默中。

静默就是千言万语，她这样想。

后来，谷来终于打破了沉默。她的目光平软温和地如一只清晨的小鸟，停留在院子中间那棵泡桐树上。你昨天提到的《雪国》的作者，是川端康成。谷来这样说着，眼前就浮起了一个清瘦的作家的影子。他生活在一座遥远的岛国。

他是嘴里含着煤气管死的。他死的时候，脸色潮红。

华良就说，你是亲眼看见他脸色潮红了吗？警察都相信证据。

我没有看见，我只是活在自己的想象里。

华良就说，他为什么要寻死？

因为孤独伴随了他一生，对于他来说，死是幸福而美丽的一件事。

华良就说，这个世界上，很多人和事都想不通。我想不通潘小桃为什么会变成这样？

谷来说，川端康成临死前对前来抢救他的救护车司机说，路这么挤，辛苦你了。

几乎是同时，华良和谷来同时被这话打动，他们脑海里浮现出了同一个场景。救护车在 1972 年 4 月 16 日的日本国一个叫"逗子"的小城马路上飞奔，春天像起伏涌动的海面，还洋溢着她无穷的活力。马路上的行人开始在救护车蜂鸣器的声音中闪避，川端康成脸上的微笑，正被深深地关进救护车中，并且渐渐凝固。和谷来说的一样，他微微地发出喘息的声音，脸色潮红。这是一种幸福的色泽。

院子里的那棵泡桐树上，一夜风雨后残留在枝头的树叶，在哗哗地抖动，如同溪流的声音，单调但却令人宁静。谷来后来伸出了一只脚，小心翼翼地踩进了冰凉的院子，并且踩着一路的潮湿走向院门。她的手中仍然握着那本《雪国》，在华良恍惚的目光中，院门晃动了一下，谷来就不见了。

谷来是去吊嗓子。她在这座不大的小岛停停走走，甚至跨过了一道狭窄的柏油马路，走到了朝向大海的一块礁石。阴雨如晦，天气阴沉，远远的海面上浮着快速滚动的铅云。她对着大海，唱了一曲《雪绒花》。唱歌的时候，她想起了老女人，她叫福建。她的名字竟然是一个省的名字。福建是个有文化会弹钢琴的人，头发已经花白，鱼尾纹在眼角十分密集地舒展或者紧锁。她显然是老了，但是她十分平和，她说命运已经安排好每个人的一切。

谷来当然能够清晰地记得，福建收留自己的时候，是在一个十分遥远的清晨。那时候谷来只有十六岁。站在一小片稀薄的阳光下，福建笑着说，你要是愿意，这儿就是你的家。

谷来就说，你为什么愿意收留我？

福建说，这是缘分。

现在福建已经作古。她把钢琴和一间不大的民居留给了谷来。福建走的时候，无声无息，没有惊动任何人，也没有惊动任何一粒她家中的灰尘。她有很多自己的理论，曾经和谷来在阳光底下的小院里足足谈了一个下午。她说你想要怎么做，我都会支持你的，你的心会给你答案。福建是一个不婚主义者，她有一套不婚的理论，她觉得水、阳光和空气是活着的必要条件，但婚姻不是。婚姻也不是人生的必需品。

唱完那首《雪绒花》，谷来在礁石上站了很久，耳朵里塞满海的声音。一朵游手好闲的乌云正和一阵风一起向这边赶来，在乌云赶过来的时候，谷来顺便回忆了一下前段时间发生的事。13间房民宿的老板杜国平死了，她帮助民宿的伙计芦生料理了后事。杜国平下葬的时候，竟然没有多少岛民来送别。杜国平不太爱说话，和岛民之间除了共享一片阳光以外，并没有多少交往。杜国平和岛民，是两个世界的。

料理完后事，芦生摆了一桌，请谷来吃饭，说，谢谢你。那天的马灯被挂在了墙上，芦生说今天不开灯，我们点油灯。油灯的光亮，就在煤油的气息是跳跃与升腾。芦生仿佛和马灯是连在一起的，或者马灯其实就是芦生的一部分。芦生说，杜老板不愿意被太多的光线惊扰，不要给我太多，他说，他只愿在马灯的微光里温暖度时。

谷来仍能清晰地记得，在芦生如诗歌一般矫情的语言中，那天一起吃饭的还有露丝。她的胖胖的大腿上，放着一只灰色的玩具熊。她胖得两只眼睛都快找不到了，并且一言不发，只是埋头吃饭。她用粗短的手指，剥了一只虾丢进嘴里。这时候谷来听到她由衷地说了一声，好鲜美噢。

谷来笑了一下。她听到的竟然是一个十分纯真的童音。她于是想，露丝那么胖，但是她的声音怎么会像是动画片里的配音。难道露丝是从童话片里逃了出来，在这座叫岌岌的岛上历险?

十一

　　任素娥是看着谷来迈出院门的。她在昨天晚上刚刚定下，不如就在 13 间房民宿做一段时间的生意。她现在有了一个现成的父亲，她特别希望父亲在天之灵能够关照她。

　　任素娥后来回屋，关上了 B13 房间的门，并且继续移开柜门，进入杜国平简陋的密室。任素娥觉得自己心里有些发慌，想了很久以后才明白，自己不过是闲得慌。于是她开始随意地翻找监控的录像资料。她竟然发现，谷来进过杜国平的房间。谷来在空无一人的杜国平房间里待了一会儿，在半是死角半透明的房间里，谷来逗留的时间一共是 5 分 38 秒，时间是从上午 5 点 32 分开始的。谷来看了一下日期，2015 年 6 月 28 日。

　　任素娥想起谷来刚刚是走出了院门的。她知道她住在二楼西边的 B7，来不及作任何的考虑，任素娥钻出了杜国平的房间，跑步冲向了 B7。她推了一下门，门被锁住了。她迅速地掏出了一张身份证，插在了门锁缝上，打开了门。

这是她在少年时期就拥有的炉火纯青的技术，现在她终于知道一技傍身是多么重要的一件事。

谷来的房间纤尘不染，一切都显得井井有条。任素娥打开了谷来的包，开始快速地翻找。包里有钱包，有卫生巾，有笔和一个记录本，以及一支口红，包括一些零碎的物品。任素娥打开了笔记本，在第一页，谷来看到了一串电话号码，以及三个英文字母：DXR。

谷来是一个奇怪的人，她身上被许多奇怪的光环照耀着，生出了许多奇怪的气息。任素娥放好笔记本，又翻找钱包。钱包已经十分陈旧，钱包的夹层里有一张十多岁的小女孩照片。谷来看着照片发了一会儿呆，她一直盯着照片的眼睛看，最后她把照片和照片中的眼睛一起塞回了钱包。

应该是在电光石火之间吧，任素娥猛然想到，笔记本第一页记着的那串电话号码，竟然是自己正在使用的手机号。DXR 就是杜小绒的汉语拼音缩写。而那双十来岁孩子的眼睛，和重庆解放碑附近火锅店里的眼睛，是一模一样的。任素娥的后背不由得发凉，她突然发现自己代替了杜小绒来继承遗产，而真正的杜小绒，一直化名谷来，住在这间民宿里。这里面，一定有一个巨大的谜团。但是现在，任素娥需要的是尽快地离开，她的左手刚按在门把手上的时候，门从外面被打开了，半边身子已经被打湿的谷来手里拿着一本《雪国》出现在任素娥面前。她的脸上挂着微笑，说，你打扫卫生啊？

对对，任素娥说，我来打扫卫生。刚打扫完……您这儿，一尘不染。如果每个顾客都像您这样，那完全是宾至如归啊。任素娥没话找话地寻着话题，语无伦次地胡乱用着成语。谷来不响。这让任素娥更加局促，说，要不，我先走了，我今天要去盘账，时不我待。

谷来笑了，说，没人留你。

谷来这样说着，目光在任素娥的右手上掠过，如一只清晨的蜻蜓掠过微凉的水面。任素娥的手中，捏着一张身份证，那其实是她刚才开门的时候插门缝用过的。那张身份证就是谷来当初办的，但是现在使用者是任素娥。任素娥作为民宿老板的女儿，来打扫房间的卫生也很正常，但是她的手中没有打扫卫生的工具。

谷来看着任素娥出门。门合上了，屋内的光线暗淡下来。谷来后来对着浴室的镜子，开始画唇。那是一支很淡的口红，谷来画了半天，都没能看出嘴唇上多了什么颜色。是的，她就是真正的杜小绒，杜小绒亲切地对着镜子抿了一下嘴唇，对着镜子说，骗子，你可能快要死了。

现在的杜小绒，没有身份证。她只有临时身份证，而且她也确实觉得，自己几乎是一个没有身份的人。她也没有了手机，她不想有。她有的只是一些朴素的行装，以及川端康成的那本《雪国》。顶多，她现在拥有了台风的天气……

十二

任素娥回到二楼东边 B13 杜国平的房间。她隐隐觉得自己刚才一定是出了什么问题。比如最简单的，她说自己打扫卫生，为什么手中没有工具。看上去杜小绒还笑了一下，但是让任素娥感到心慌的，正是这种没有由来的笑容。任素娥在桌边坐了下来，很长时间她一言不发，她越想越觉得心惊肉跳。任素娥一共想了大概有十五分钟，十五分钟后她打消了好好在这儿开民宿的念头。她记起在解放碑附近的一条坡度很高的巷子里，一个算命先生跟她说过，你这个人就是四海为家的。

任素娥开始张罗离开，她打开了手机上的购票软件时，才发现岌岌岛到定海三江码头的轮船已经停运。就在她茫然不知所措的时候，突然发现门口有一道白光，白光中站着拎马灯的瘦长的芦生，而芦生背后却是一大片的乌云翻滚着。风突然之间大了起来，像是在呼号的样子。任素娥把一只人字拖鞋扔了过去说，你不要吓我。你大白天拎一盏马灯走来走去，是扮鬼还是壮胆？

芦生举了举手中的马灯，他说台风正式来临了。果然，任素娥看到了芦生背后的天空中，横着飞过的塑料袋和一些树叶，甚至还有一张八仙桌大小的白铁皮，十分妖娆地扭动着身子哗啦哗啦响着过去了。雨开始大了起来，也就是转眼之间，白天如同黑夜一样。芦生再次举了举马灯，说，这儿每年都有无数次的台风。你十三岁以前在岛上生活，应该知道。

任素娥心里想，我知道什么呀？我只知道当个骗子其实没那么容易，确实需要大量的知识。芦生接着又说，码头停运了，封岛三天。厨房里已经备了足够吃三天的菜，岛上有个特别小的菜市场，那儿能买到一些小海鲜，还有新鲜的素菜。你关好门窗，有什么事就叫我。

芦生说完这些以后，拎着马灯走了。他留给任素娥一个充满诗意的身影。他衬衣袖口的扣子，仍然紧紧地扣着，生怕从袖口里掉出一些秘密来。

任素娥知道自己走不成了。她不知道，这场台风有一个类似于电器开关品牌的名字，叫做灿鸿。灿鸿现在已经完全占领了这座一千五百人口的小岛，它异想天开地想要把小岛连根拔起。反正是走不成了，任素娥开始穿着人字拖鞋四处闲逛，她顺着楼梯走到了一楼，看到酒吧的门开着，坐着周亮工、胡友权和郝建功，他们在兴致勃勃地打牌。华良就站在屋檐下，两只手插在裤袋里望着院子。院子里除了大雨落到水洼里，溅起粗大而混合着泥尘的水珠以外，什么也看不到。雨使整个世界变得朦胧而缥缈，院子中间的那棵泡桐，因为密密的雨阵，看上去像隔了遥远的距离，仿佛生活在另一座山头上一样。任素娥把脚伸出屋檐，雨水恣意地落在了她的裤腿和拖鞋上，光着的脚丫因此而感到无比的湿润。她呀地怪叫了一声，又叫了一声，她一连叫了三声。这让三个打牌的男人，都用奇怪的眼神看了她一眼。只有华良温和地笑笑，他说，杜小绒，你说女人嘴里说的理想，到底是什么样的？

任素娥吃惊地看着他，她不明白应该怎么回答。华良说，换句话说吧，你有没有理想？

于是，任素娥开始想她的理想。她想起自己三岁那年春天，父亲去世，母亲按照电视剧的剧情，跟一个弹棉花的小伙远走他乡。那时候她生活在一座小镇，小镇的名字叫"南风"。然后她果然像风一样，她跟祖母一起生活，祖母带着她走遍了小镇的角落，并且告诉了她父亲和母亲的去向。然后祖母终于有一天病倒了，病倒以后的一个黄昏，任素娥记得天空中布满了蝙蝠。一对中年男女出现在他们破败的房子里，中年男女给了任素娥一袋子大白兔奶糖，然后一直朝着她笑。祖母说，这是你以后的爹妈。

任素娥就说，我不要爹妈。爹妈有什么用？我只要奶奶就可以了。

祖母就在病床上露出苍白的笑容。她瘦小的身体藏在被窝里，只有一颗全是白发的头颅，顽强地出现在被窝以外。祖母说，奶奶会死的，但你还得活下去。

那一年，任素娥第一次听到了关于生和死的话题。后来她离开了祖母，甚至收到了镇上黄三春的八百元钱。那是祖母提前卖掉了房子，并且还给自己留了三百元处理后事。祖母在这个挣扎的世界里，不慌不忙地把自己给处理掉了。所以任素娥长大以后回忆这一段往事的时候，就一直在想，人来到这个世界，所谓人生，就是如何把自己处理掉的一个过程。另外一点就是，从祖母的经验来看，什么都是不重要的，而活下去才是顶重要的一件事。

于是，任素娥在五岁那年有着血红夕阳的黄昏，跟着养父母一起上了一辆班车。他们最终的目标是一座叫"达"的县城。任素娥的生活过得十分平静，养父母对她也像亲生儿女一样。但是养父母死于一场从天而降的车祸，那一年任素娥十四岁，正在上初中二年级。从此以后，任素娥突然觉得自己的命跟蒲公英是一样的，随风飘散。她爱笑，也爱美，爱喝酒抽烟发疯，也爱四处行骗，她是一个有着咯咯咯的笑声的人。她一直都记着祖母的话，奶奶会死的，但是你还得活下去。

现在她活到了岌岌岛上，正在做一件危险的事。她的小理想是，卷了小钱财赶紧走人。她的大理想是，活下去，活得好更好，活不好就活长寿一些，好死都不如赖活着。当她想这漫无边际的问题的时候，索性纵身跳进了院子里的雨阵中。她不停地转着圈，双脚并拢，猛烈地跳起来踩踏着低洼处的水汪。她把一个又一个的小水汪给踩得支离破碎，浊黄的水四溅。不就是台风吗？来啊，来吹我啊，来啊。她就这样欢叫着，来啊，来台风啊。后来她用手捋了一把脸上的雨水，只有她清楚，她的脸上流的全是泪。因为她想起了祖母，也想起了养父母。但是，她的脸上仍然堆满了明晃晃的笑容，在这种向日葵一样的笑容中，她对着屋檐下的华良大声地喊，喂，我同你讲，我的理想，是活下去！听见没有，听明白没有，听懂没有，是活下去！！！

华良笑了。他觉得这个开心的女孩的理想，比他妻子潘小桃的理想，要真实得多，也可爱得多。于是华良对着倾盆而下的雨阵大声说，喂，答对了！

晚上的风雨不曾停歇。任素娥把自己藏进了杜国平的密室里，在半明半暗的光线中，她一边用一块毛巾胡乱地擦着蓬乱而半湿的头发，一边盯着监控视频闪烁的画面。她其实也不想发现什么，但是她又好像很想要发现什么。

然后，她的眼睛慢慢地凑了过去，紧紧地盯着屏幕上二楼的一间房，那是和谷来的 B7 隔了一间房的 B9 号房。她看到了刚从码头抵达 13 间房民宿时，在院子里看到的在阳台的轮椅上晒过太阳的植物人袁相遇。他竟然慢慢地从床上坐直了身子，鬼魅一般地静坐了一会儿。而露丝正在另一张床上呼呼大睡。露丝是俯卧的，臃肿的身子像起伏的威武雄壮的山峦，或者像块发黑的面包。她的两条大腿白晃晃地从黑色的睡裤里伸出来，如同两头光芒四射的白豚。她的手中还紧紧地抓着那只灰颜色的玩具熊。

袁相遇先是在床边坐了一会儿，他把两脚挂在床沿，像自鸣钟的钟摆一样晃荡了一会儿。接着他套上鞋子，走到一只电炉子边，打开了。他在炉子上，给自己炒了一碗鸡蛋，又开了一瓶啤酒。在无声的画面里，他在长凳子上坐下，并将一条腿拎起来，架在凳子上。任素娥于是感到了特别的不真实，简直像是在梦中一样。一个植物人，看上去特别兴奋，忘乎所以地给自己炒了一碗鸡蛋。而且他还可以喝啤酒，他喝得十分从容，仿佛有花不光的时间。

这个世界上除了任素娥以外，不会再有人知道，袁相遇早就醒了。

袁相遇是杜国平的小弟，也是他形影不离的跟班。十五年前成为一名光荣的植物人后，到这座小岛旅游的背包客露丝留下来照料他。露丝的力气很大，把已经很瘦的袁相遇摔来摔去的。袁相遇也不知道什么时候醒来的，总之是他突然看到了露丝，以及久违的阳光。他坐在阳台的轮椅上，看太阳从西边的海平面上降下去，有那种和辉煌告别的意境。露丝有时候用热水给他擦身，他觉得特别享受，眼睛空洞地望着天花板，或者窗外。露丝把他当成了死人，他就装作自己是一个死人。但是他不愿意醒来，他愿意在半夜的冰箱里找东西吃。后来他终于发现，露丝不能睡着，一睡着就像一个真正的死人。于是他大胆地开始在半夜里用电磁炉做菜，他还喝酒，因为露丝也喝，露丝从来都不知道她喝了多少酒，所以他从不担心露丝会清点冰箱里的啤酒。有很多时候，袁相遇恍惚地觉得，露丝才是一个真正的植物人。

永远都叫不醒一个装睡的人。现在的袁相遇就是这样一个人。他一如既往地装睡，有时候眯着眼观察着从四面八方赶到岌岌岛并且在13间房留宿的客人。但是有一天他的背心升起了一阵寒意，因为他看到了谷来。他发现那个站在院子里，像一棵小白杨一样的女人，就是十五年前离家出走的杜小绒。他认得出她的眼神和表情，她站在院子里，连身上的气息都特别像杜小绒。然后他就想起了二十七年前，那时候他只有十七岁，海浪的声音以及白亮的阳光和现在仍然是一模一样。那时候袁相遇是杜国平的帮手，他们刚刚开了这家酒店。说是酒店，其实就是把这个简易的知青点改装了一下。杜国平十分喜欢袁相遇，袁相遇想要离开 13 间房半步，杜国平都把他盯得死死的。杜国平给袁相遇做菜，让袁相遇和自己一起喝酒，他温柔地说，你是我的。

袁相遇十七岁的年龄里，觉得 13 间房里的一切都是海市蜃楼一般的梦境。那年七月年轻的周先生夫妇带着一个一岁的孩子来玩，他们十分迷恋岌岌岛上的一切。黄昏的时候，他们抱着孩子，站在海边的礁石上，望向无边的大海。大海上面的波光是红色的，一阵阵涌动着，这样的壮美让他们深深地沉醉。袁相遇仍然记得，这个夏天已经来临，周太太穿着淡黄色的长裤，一双白色的运动鞋，轻盈地走动在夏天的空气中。她的头发不长，却在后脑扎了一个小辫，袁相遇就喜欢上了她的小辫。小辫下面，是一大片洁白的脖颈，他也喜欢那片脖颈。除此之处，他其实还喜欢的是鹿鸣坳，那儿有许多獐在黄昏与清晨出没。他在远处观望，不敢走近，那是因为他觉得那块地方是獐的地盘。那天周先生去海边钓鱼，他其实钓不到什么鱼，他可能爱上的是钓鱼的这种姿势。那天袁相遇给周太太送餐，然后他看到了周太太的背影。也许是天太热的缘故，她的衬衣的背部上有一部分被汗水打湿了。她回头朝袁相遇说，放桌上吧。袁相遇把装着菜和汤的托盘，放在了桌子上。但是他没有离开，他看到了周太太的笑容在慢慢收起，她的眼神里有了一丝恐惧，那时候她丰厚的嘴唇轻轻颤动了一下。她看到袁相遇十七岁的脸部肌肉不停地抖动着，这个中午，没有一丝风从屋门口跑过。一岁的小女孩睡得很安详，她长长的睫毛会偶尔轻微地闪动一下。周太太想，要发生一些什么了。

事情发生的时候，杜国平正在午睡，周先生正在海边钓鱼，一岁的小孩正在床上沉睡，一切都像静止了一样，包括时间。袁相遇一把抱住了周太太，同时也惊醒了小孩。小孩的哭声响起来，这个中午时光，因此而显得狼藉。那天愤怒的是杜国平，他揉着一双睡眼从楼上下来的时候，看到了衣衫不整的周太太，她没有哭没有闹，而是抱着孩子出神。杜国平冲向了袁相遇，他尖厉的声音突然就把平静的中午给刺破了。他说，你干了什么？你对得起我吗？

　　那天的结果来得像一场阵雨那样匆忙。杜国平和袁相遇在地上翻滚着，最后杜国平骑在袁相遇身上，一拳打晕了袁相遇。杜国平听到周太太平静地说了一声，你们都不是人。杜国平笑了，他说，都是你勾引了小袁是不是，他才十七岁，你就勾引他？你还是不是人？那天杜国平一直在笑，他用了很多种不同的笑声来笑，然后他收住了笑，走向了周太太。周太太后来一直在挣扎，她的脸越来越红，绝望地看着掐住自己脖子的杜国平的手。后来她眼前一黑，就什么都不知道了。

那个下午，当袁相遇醒来的时候，看到周太太已经死去，而孩子没有哭，她在平静地含着自己的手指，不停地吮吸着。周先生肩上背着一根钓竿，手里拎着一只空桶，一条鱼也没有钓到。但是他无所谓，他觉得我又不是渔民以抓鱼为生。他走进房间门的时候，看到了坐在床上吮手指头的女儿，也看到了地上衣衫破烂的妻子。他还没来得及有什么反应，头顶上就被铁锤狠狠地捶了一下，倒在了地上。他的眼睛并没有合上，而是无助又可惜地望着自己白花花的脑浆滚出来，流到地面上，仿佛很优雅的样子。

那天的黄昏，袁相遇和杜国平一起，在院中那棵泡桐树下挖了一个大坑。袁相遇望着坑，觉得这是通向另一个世界的入口。他们把两具尸体扔了进去，又盖上了新土。然后夜晚就真的来临了，风开始摇响泡桐树的叶片。杜国平说，你记住，你是我的同谋。我们一起杀死了两个人。

我没有。袁相遇说，我怎么会是杀人犯。

杀人犯的额头上，又没有写明是杀人犯。杜国平说，而且你属于先奸后杀，你这个没良心的白眼狼，你不仅背叛了我，你还强奸了一个无辜的女人。你简直可以去死了。

袁相遇没有再说话。他抬了一下头，透过梧桐树叶的缝隙，看到了天空中仿佛有周太太的一张脸。然后他就听到了怀里传来的孩子的哭声，这时候他想，夜晚来临了，一切都很平静。

十三

那时候的岌岌岛，正哺育在新千年的阳光里。岛上的居民，和獐一样的稀少。如果你遇到不测大声喊叫，难以保证会有人出现在你的面前。这一个破烂而又充满生机的岛上，到处都是闲逛的野风。

杜国平在一阵又一阵的野风里，收养了一个一岁的女儿。杜国平那天把女儿举过头顶，让阳光直射下来。他看到了整个的女儿，像一团毛茸茸的球。后来他举累了，把女儿放了下来，果断地对站在身边的袁相遇说，她的名字叫杜小绒。就这么定了。

那是袁相遇经历了十七岁的人生中，最触目惊心的事件。杜国平十分平静，他把孩子塞在了袁相遇的怀中，说，你暂时当一下妈。你一定要记住，不要做让我不高兴的事。这是一个奇怪的组合，两个男人养着一个孩子。他们和岛上的居民很少有交集，因为来住民宿的一定会是外地游客。他们和居民交集最多的，其实是菜市场。在人声鼎沸的菜市场里，十七岁的少年袁相遇，冷峻的目光扫过蔬菜摊，扫过海鲜摊，扫过肉摊。在无数次的目光扫过了菜市场的各种摊以后，他的年龄很快来到了十九岁。

袁相遇一直没有离开过岌岌岛。袁相遇不敢离开，他害怕杜国平，以及杜国平那杆生锈的从来都没有使用过的猎枪。袁相遇看到民宿里一个孩子在健康成长，并且她还上了学，还小学毕业了。杜小绒十三岁那年一个普通的充满凉意的夏天清晨，她从床上下来，一些细碎的争吵声灌进了她十三岁的耳朵。她循着声音走去，终于看到了杜国平和袁相遇，他们在房间里十分激动地争吵。然后，她在争吵的声音里，知道了一个秘密。那就是她的父母，已经不在人间。杜国平只是养父，而且杀死了她的亲生父母。

那天杜国平根本没有发现杜小绒已经在边上听了很长时间。一直到杜小绒清脆的十三岁的声音响起来时，他才愣住了。杜小绒问，杜国平你为什么要杀死我爹娘？

杜国平缓慢地转过了身子，惊愕地看着杜小绒。他一共说了两句话，一句是，你怎么像个鬼一样走路没有一点声音？一句是，你没有证据证明我杀过你父母。他们是失足掉进了海里。

杜小绒永远记得，那个夏天清晨的凉风，一阵一阵地吹着。太阳越爬越高，阳光越来越白亮，如同一锅煮开的粥，明晃晃的让人睁不开眼。她还记得，当初有一缕风将她的头发吹到了她的嘴角，她理顺了自己的头发，平静地对杜国平说，我相信，你一定杀了我父母，因为相遇叔叔刚才能那么激动地说出来的一件事，肯定是真的。然后杜小绒看到风静止了三十秒，杜国平也静止了三十秒，三十秒以后杜国平突然抓起了地上的一个秤砣，杜国平说，相遇叔叔想让你死!

杜小绒并没有躲避半分。没有人能理解一个十三岁的女孩有如此平静和决绝的心态,而且她还微笑着。她看到那个秤砣向她迎面砸来的时候,心里想,爸爸妈妈,我要来找你们了。但是,秤砣并没有砸到她,她看到袁相遇和杜国平又打成了一团。袁相遇用一根棍子砸落了杜国平手中的秤砣,他面红耳赤地大喝了一声,你连这么小的女孩也要杀,你真的是恶魔投胎。

那天的风一刻也不曾停息,杜小绒觉得,这风真是凉爽啊,一直吹到她身体的最里面,一直吹到了她的骨头。她看到了袁相遇突然仰面摔倒,然后重重地摔在了地上,像一条死去多时的蛇。杜国平着急地呼喊着袁相遇的名字,他说,相遇相遇,你不要吓我。相遇相遇,我们是怎么相遇的你还记得吗?他仓皇混乱的声音里,充满着恐惧与绝望。然后,他拦腰抱起了袁相遇,跌跌撞撞地向院门外冲去,甚至跑丢了一只半新的人造革皮鞋。这时候杜小绒看到了无数的蜻蜓,盘旋着黑压压地朝这边飞了过来,把整个夏天都遮挡了起来。

袁相遇被杜国平送上了轮渡，最后到了定海医院。按杜国平的说法，他的后脑是因为摔跤而摔伤的，最后袁相遇成了一名植物人。他一直深陷于半昏迷的状态，一直到三个月以后才出院。那天杜国平把袁相遇接回了岌岌岛上的 13 间房民宿，站在民宿的那棵粗壮的泡桐树下，杜国平说，相遇，我同你说，杜小绒已经跑了。

杜小绒胸前挂着一只手机，身上带着从杜国平房间里翻找出来的一些零碎的钱。在离开那扇随时都会被风吹响的院门前，她长久地望着这幢阳光下的民宿。她觉得自己的生活，十分恍惚，她就像一张没有生命的相片一样存活着。这张相片后来飘上了轮渡，抵达了定海。到了舟山本岛上以后，她突然觉得一种新的生活就要开始了。

她没有报案，因为没有证据。所有的秘密都掌握在杜国平的手里。多年以后，她被人收养，办了身份证，身份证上的名字依然是杜小绒。一直到不久前重新抵达岌岌岛，她才临时改了一个名字，叫做谷来。谷来就是粮食来，粮食来了，总是让人能看得到希望。谷来剪了干净的短发，穿着一件蓝色 T 恤，牛仔裤和一双鞋面上有一对蝴蝶的运动鞋。她站在院门前，抬头看到了 13 间房民宿屋顶上用红漆写成的字，像一摊鲜艳的血。微笑慢慢地浮上了她的面容。她永远都记得，那天她远远地看到杜国平从院门出去以后，自己去找芦生办了入住。芦生说，怎么会有姓谷的人，杜小绒就说，有姓米的人就有姓谷的人，还有姓菜的呢。芦生认真地想了想，说，倒也是。

杜国平杀死周先生夫妇的时候，没有留下任何证据。同样，谷来想办法让杜国平死去的时候，也没有留下任何证据。杜国平死于心脏病。

十四

袁相遇现在要开始逃离这座小岛了。

每天下午，他都会被露丝用推车推出来，陈列在阳台上。他微闭着眼，一边听着露丝充满童声的自言自语，一边望向远方。远方要么有盛开的阳光，要么有绵密的雨阵。小岛其实十分安静，安静得仿佛岛上没有人，或者岛上只有鹿鸣坳生活着的几只美丽的獐。只有野风是新鲜而充满腥味的，海有一种不着边际的辽阔。

早就苏醒的袁相遇一直眯眼观察着杜国平的生活。他一直都不喜欢那个喜欢穿严丝合缝的衬衣，左手提一盏马灯，在院子里走来走去的年轻人芦生。芦生十分喜欢那棵泡桐树，他把自己倚靠在树身上，这让袁相遇十分担心有一天芦生会和树长在了一起。袁相遇还不喜欢他说话的腔调，连院门被风吹响，也会让芦生感慨。芦生自言自语地说，风吹响院门，黄昏逼近我洞开的房屋，有十朵花开始枯萎……

袁相遇就在心里骂这个叫芦生的人鸟人，他心里想，鸟人说的是什么鸟语。

袁相遇也能看到杜国平的逐渐老去，他的头发越来越少，头顶中间亮闪闪露出了一个岛屿。许多时候，他在二楼的阳台上，冷笑地看着在院子里走来走去的杜国平。直到有一天，他在阳台上看到了一双眼睛。那是谷来的眼睛，这双眼睛让他害怕，他终于想起，这就是十二岁的杜小绒的眼睛。那时候他觉得，岌岌岛上要开始不太平了。果然，当天晚上，杜国平就心脏病发作了，岛上卫生所的汤医生，特别果断地说，这就是心脏病。这种病现在越来越年轻化了。他穿着白大褂，边喝着保温杯里的枸杞水，边用专家的口吻说，典型的心源性猝死。

袁相遇知道这中间发生了什么。杜小绒回来，肯定是一个平静而坚硬的复仇者。而现在，在台风来袭的前夜，他想要离开了，所以他必须让自己醒来。除了给自己炒了鸡蛋和开了一瓶啤酒，现在他急需要找到一些钱。作为植物人，他已经安静地在小屋里度过了十五年。所以他没有手机，不会用支付宝。他和这个世界严重地脱节了。他有效的生命一直停留在十五年前的夏天。

袁相遇搜到了露丝小得可怜的双肩包。里面只有一些零钱，这让袁相遇有些生气。明明她是有工资的，但是她

82

却只有双肩包里装了一些零钱。她几乎不会花钱，因为她吃杜国平喝杜国平，也不买件衣服。双肩包里没有钱，但是却有许多少女的贴纸，一枚小巧的上面有一只孔雀的发夹，三片卫生巾，一枚小的圆镜和一只打火机。她的包里甚至还有一包中南海香烟，这让袁相遇更加生气了。她竟然开始瞒着火眼金睛的袁相遇抽烟了。

袁相遇把钱装进了口袋里。他在走出房门之前，看了看摄像头的位置。他显然并没有发现什么，只是走到门边打开了门。在杜国平房间的密室里，任素娥的监视画面里，只能看到依然睡得像一头沉睡的母狮的露丝。在任素娥看不到的门外阳台上，袁相遇对着黑色的夜雨，以及黑色的呼啦啦越来越响的风，突然感觉到这个世界如此陌生。陌生到和他没有关系。

风越来越紧。袁相遇发现自己根本不是台风的对手。他也不是杜国平的对手，更不是谷来的对手。现在他想逃，却逃不了。这时候的雨，像倒灌的瀑布一样，开始从天空中掉下来。袁相遇知道，他连一场台风也逃不掉。他回转身，慢慢地走回了房间，合上门的时候，他看到了床沿上坐着的露丝。露丝朝他笑了一下，突然神秘地摊开了手掌，里面是一沓百元钞。她天真地用特别童真的声音说，你看哪，我其实藏在床板底下了的喏。

这时候袁相遇的脑袋，终于嗡地响了一下。

十五

台风呼号了一夜，风声越来越紧，大概是想把整座岌岌岛吹走。第二天的清晨，雨小了许多，有了和风细雨的迹象。院子里潮湿的地面上平静地躺着一些不知道从哪儿吹来的树叶。华良就站在几片零星的树叶上，他穿着皮鞋，皮鞋沾上了一些细碎的泥土。他的手里随意地拎着一副手铐。天空中仍然不时地飘过来几组骤急的雨丝，又像是突然会被风吹歪似的。华良抬眼看了看翻滚着的铅灰色的云，他在盘算着是不是一会儿还会有大雨来临。

华良对着二楼的阳台大喊了一声，袁相遇，你跟我走。

很久以后，紧闭着的二楼西边 B9 号房打开了，先是走出来露丝，她把自己靠在阳台的栏杆上，用十分童真的声音说，你稍微等一下嗻，他还在刷牙喂。她的声音中，依然充满着台湾电视剧的腔调。华良没有说话，露丝可能觉得没人说话很尴尬，于是她又补了一句说，他很讲卫生的嗻。

一会儿，爱讲卫生的袁相遇走了出来。在阳台上，他给了楼下的华良一个迷人的微笑。然后他走到西边的楼梯口并走了下来。这让院子里站着的芦生，还有郝建功、胡友权和周亮工，以及其他住客一言不发。他们平静地看着袁相遇走向了华良，并且缓慢地把一双手伸了过去。华良只铐住了他的一只手，同时他对站在屋檐下的任素娥，说，过来，还有你。

任素娥也脸色苍白地笑了一下，她什么也没有问，也一步步地走向了华良。

华良把他们两个铐在了一起。那时候他的心里是这样想的，这个破警务室，连手铐都只有一副。如果我破获了犯罪团伙，我拿什么去铐人？

岌岌岛的警务室，在离13间房民宿三里路的地方。经过小岛唯一的十字路口，路口的水泥破损地面上，竟然生长着一棵恣意的白杨。接着经过一排南货店、日杂店、理发店、电子游戏室和弹子房，经过粮油店，然后再经过一条泥路，就抵达了警务室。警务室以前是一间废弃的渔业站，后来定海公安分局交通派出所来这儿修缮了一下，装了防盗窗和一台空调，放了一张简单的桌子和一张床，配了一台警用电瓶车，挂了一块警务室的牌子。这就算成了这座小岛上的最高政法机构。令华良欣喜的是，警务室边上不远处，有一棵孤独的野柿子树。华良猜不透这棵狡猾的柿子树的年龄，反正看上去已经十分苍老。他觉得这野柿子树是另一个自己，同样孤独。而那条孤独的通往警务室的泥路，两边都是孤独的野草和野藤，春天的时候，野藤上会开出淡黄的野花。这都让华良觉得，自己走进了一幅孤独的油画，那自己就等于是画中人。那简直就是免费生活在仙境里。

华良在这个上午，主要是和两个他在岛上第一次动用手铐抓到的嫌疑人聊天。他让任素娥和袁相遇坐在自己的面前，并且温暖地为他们各泡了一杯茉莉花茶。端上茶水的时候，他才发现，任素娥的脖子很细，而且还长了一颗细小的痣。她的头发有些脏了，至少有两天没有洗头。她的脸上有微小的雀斑，十分兴奋地闪耀着暗淡的光芒。她穿着一双人字拖，脚上的皮肉上有许多泥。其实在前往警务室的路上，华良就看到她啪嗒啪嗒地趿着一双拖鞋，在前面走路。看上去她其实是开心的，因为她不停地在观望着四周的风景，她甚至还轻轻地哼了一段歌曲。

华良说，你不是杜小绒。

这时候，袁相遇微闭着的眼睛睁开，看了任素娥一眼。然后又闭上了。他的脸盘有些大，脸上的皮肤明显下垂。因为长久没有锻炼，他假扮植物人，让他变得松垮而且不爱说话。他像扔在椅子上的一堆破棉絮，只是抬了一下眼皮，然后又合上了。多年以来，他的职业就是打瞌睡。

杜小绒喝了一口茶，她把一片含到嘴里的茶叶吐回到一次性茶杯中，说，你怎么知道？

　　华良说，我不说。

　　杜小绒说，既然你不说，那我就是真杜小绒。

　　华良想了想，说，我说。第一，你对岌岌岛并不熟。因为如果你是杜小绒，那么你离开这座小岛的时候，是十三岁。那个年纪已经对以前的记忆深刻，所以，你一定会知道鹿鸣坳这个著名的地方。但是，在酒吧喝酒聊天，疯狂抽我的利群香烟的时候，我发现你并不知道这个地方。第二，你的行李箱没有打开，我去你房间的窗口观察过。你是来继承遗产并且长住经营民宿的，行李箱竟然没有打开，那就是随时要走。第三，你曾经订过一张从岌岌岛前往定海三江码头的船票，所有离岛人的信息，都备份在客运公司的电脑系统内。里面发现有一个叫任素娥的，这和几天前来岛上时你在定海三江码头留下的信息是一样的。所以，你的名字应该是任素娥，更关键的是，前几天任素娥来到岌岌岛那天根本没有一个杜小绒的人同时上岛的信息。

任素娥沉默了一会儿，接着说，我特别想抽你的利群牌香烟。我在酒吧里抽过你几根。你用不着小气。

华良就掏出了利群牌香烟，和她一人一支点上了。华良说，你有什么想告诉我的吗？

任素娥就把自己的两条腿，架成了二郎腿的模样，然后不慌不忙地吐出了一口烟说，看在抽你一根烟的面上，我告诉你，你要立功了。

华良没有说话。他看着任素娥不停地抽烟，她抽烟的时候，眼神从窗口飘出去，飘向那棵孤独的野柿子树。到最后，她又狠狠地抽了几口，将烟屁股摁灭在了烟灰缸里。

任素娥笑了一下，说，有一个叫谷来的人，就住在13间房民宿的B7房，她才是真正的杜小绒。她已经整容了，但是她右眼下面的滴泪痣没有整掉。她有重庆口音，她也能吃麻吃辣，她就是在解放碑附近的火锅店里，被我骗走身份证和手机的人。她的习惯动作，是左手不停地去捋一下头发。而且她左眼的眼白里，有一小块黄斑。

任素娥说着这些的时候，她的眼前就浮起了一架飞机。飞机穿过解放碑的上空，她能清晰地看到飞机的肚皮，和鱼的肚皮特别像。那天她在看到了这架飞机以后，才开始和杜小绒聊天，并且骗走了她的手机和身份证。

华良说，你是个骗子。

任素娥说，骗子还少吗？你装模作样地在酒吧喝酒，其实在细心观察着每一个人，你这不是骗子吗？你老婆是干吗的？说不定你老婆也是一个骗子。

华良这时候突然想，潘小桃算不算一个骗子？潘小桃应该不算吧，她一直在说她有理想，她还开了一家生意良好的海鲜酒楼，她还热爱着川端康成的《雪国》。

华良的思绪从一堆飘忽的烟里面回来。

华良说，谷来既然是杜小绒，她为什么要化名谷来，用谷来的身份入住，并且她不告诉杜国平自己回来了？

任素娥的手指头扬了扬，做了一个衔烟的姿势，于是华良又给她点了一支烟。他觉得这是电影里审犯人时才应该有的镜头，原来生活中也存在。华良十分担心自己的一包烟中仅剩的九支，就在这样的问讯中被任素娥抽完了。任素娥吐出一口烟，说，谷来不能让杜国平知道自己来了。所以她入住的时候，应该是只和芦生这个阴阳怪气的服务生照了面。而且她需要尽快地找时间，找到杜国平，并且迅速地让他死去。这样，这个世界上就没有人认识她了。

华良说，你的意思是，杜国平死于谋杀。

任素娥说，从杜小绒的眼神来看，她已经杀死了杜国平。所以，你立功了。

华良问，你有什么证据证明她杀了杜国平？

任素娥说，一、谷来进入过杜国平住的房间，就是我现在住的房间。我是通过杜国平里间的密室里的监视器看到的，那监视器里面能看到各个房间的情况，我发现谷来竟然进了杜国平的房间。既然她后来可以进，那么之前她也能进入杜国平的房间，我指的是她谋杀杜国平的那一次。二、我去过谷来的房间，发现她随身带了一只医护包，还有医用的手套。那天我被她撞见了，我想她一定知道我发现了她的什么隐情。

华良问，你在她的医护包里发现了什么？

任素娥诡异地笑了，她突然拿出了手机，打开一张照片。照片上是两支药，药上标着"琥珀酰胆碱"字样。任素娥说，我查了资料，这种药可用于注射死刑，也能使心脏骤停。

华良那天看到窗外又开始飘起雨来。他有很长一段时间保持着沉默。然后他走到窗口，开始抽一支悠长的烟。任素娥刚才说的，简直就是一场电影。华良后来终于决定给定海区刑侦大队秦三望打个电话，电话响起的时候，秦三望正赶往市局，上面说要找他谈话，他就要任刑侦支队的副支队长。秦三望说，你不是在做梦吧？

华良想了想，在窗口的风中，他不知道该怎么回答。后来他说，我早就没有梦了。

放下电话。华良依然站在窗口，他突然觉得岌岌岛上，真的发生了一件命案，自己早就不当刑警了，结果却破了一个命案。这时候电话响了起来，是谷来，也就是真正的杜小绒打来的，警务室和上岛须知的宣传页上，都写着社区民警华良的手机号码。杜小绒说得和任素娥一模一样，头一句话就是，你要立功了。

华良没有说话，他眯起了眼睛，看到窗外的雨落得正欢，远处的草地已经被雨水淋得一片碧绿，新鲜而蓬勃。电话里杜小绒说，我是杜小绒，也是谷来。也许你现在应该一切都明白了，也许你已经向刑警队报过警了。

华良依然沉默。他觉得风又开始大起来了，台风还没有真正过去，他躲在警务室里，一直在想，潘小桃是不是又在海鲜酒楼里和一帮人雅集。于是他对着手机说，杜小绒，我警务室的外面，有一大片的野草野藤，还有一棵孤独的野柿子树，现在风很大，雨也很大，从我这儿的窗口看出去，雨水哗啦啦的白茫茫一片。你说，我和这场台风算不算一场雅集？

电话里没有声音。沉默了一会儿，华良说，如果你没别的要说，我就挂电话了。我正在办案。

就在华良要挂掉电话的时候，杜小绒在电话那头说，穿过县界长长的隧道，便是雪国。夜空下一片白茫茫。火车在信号所前停了下来。

华良接着说，一位姑娘从对面座位上站起身子，把岛村座位前的玻璃窗打开。一股冷空气卷袭进来。姑娘将身子探出窗外，仿佛向远方呼唤似的喊道："站长先生，站长先生！"……

然后，是长时间的沉默，华良仿佛听到了细微的哭声。接着他听到电话那头的杜小绒说，谢谢你，华良。

杜小绒从此消失了。在后来的警务室调查报告中，详细地记录着当时的调查笔记。芦生亲眼看到谷来撑着一把黑色的雨伞，从院门走了出去。芦生努力地叫住她，说风太大，你不要出去，十分危险。杜小绒回过头来，朝芦生笑了一下，用左手将顺自己其实已经被斜雨打湿的头发。那天她的身影在芦生的视野里越来越小，最后被雨阵吞没了。当然，在小岛的十字街口，那个开药房的老板娘也说，风雨交加的辰光，一个女人，雨伞只剩下骨架，她在往前艰难地行走。而且，她还唱着一首叫《雪绒花》的歌曲。尽管风雨声很大，但是老板娘仍然听清楚了她的歌声。老板娘对着雨里的杜小绒说，姑娘，你进来避避雨。

杜小绒说，不是什么都能避得掉的。我都淋成这样了，我避和不避有什么两样吗？

在老板娘的描述中，杜小绒说完，继续往前走去。而杜小绒记得自己十分清晰地想起了一个叫福建的老女人。她这时候觉得，她是爱着这个福建的，她觉得福建给了她爱和自由，平等和安定的生活。福建还教给了她一首叫《雪绒花》的歌。

十三年前，杜小绒从岌岌岛失踪。十五年后，杜小绒再次从岌岌岛失踪了。

袁相遇睁开眼睛的时候，所有的往事都开始重现。他先是问了华良一个问题，你怎么知道我已经醒过来了。华良说，你不用知道，你要把你知道的说给我听。你知道些什么吗？

袁相遇就闭上了眼睛，说，我什么也不知道。

这时候任素娥说，是我向华警官举报的。我觉得你有问题。

95

袁相遇问，我有什么问题？

任素娥说，你早就醒了，但你一直装睡。没有人会一直装睡，所以你心里藏着很多的秘密。从我第一次看到你像木偶一样在阳台上晒太阳的时候，我就觉得你有问题。

任素娥这样说着，想起了她在监视器里看到的袁相遇在夜里突然起身的视频。她看到袁相遇脸上的肌肉剧烈地抖动了几下，对华良说，你说这是不是天意？

华良想了想，笑了，说，最大的天意是这场从天而降的台风，它把一切都改变了。

在袁相遇的叙述中，所有的一切都让华良明白了。他突然觉得这座小岛上，产生了一个谜团一样的故事。那天他又给区刑侦大队大队长秦三望打了一个电话，秦三望告诉他，自己正在潘小桃的海鲜酒楼里，准备请客。秦三望说，华良，我就要调到市局了，过两年，我也把你调到市局。我现在正在你老婆的酒楼里，晚上需要请一些朋友吃饭。

华良想，那个潘小桃很快就要成为我的前妻了。但是他没有说。他觉得一切都显得那样地索然无味，最后他说，我严肃地告诉你，岛上一共有三起命案。台风一过，你马上上岛。

秦三望带着刑侦大队的人，是三天过后上岸的。台风已经过去了，被台风和大雨清洗过的小岛看上去很新鲜，碧绿一片。秦三望过几天就要去市里上任，在上任以前，他要让现在这个案件尘埃落定。院子里那棵泡桐树下正式开始挖土，所有无关人员被拦在警戒线以外。当然，郝建功和胡友权，还有那个叫周亮工的剧作家，以及一个长得瘦小的女人和一个年轻小伙，他们三五零落地站得远远的，恍如院子里突然多出来的几株幼小的泡桐。他们一言不发，远远观望。在现场主持工作的是秦大队，秦大队的眼光四处穿梭，他望着民宿屋顶上白铁皮上写着的"13间房"几个红漆字时，轻声对华良说，我就觉得这地方不吉利。

华良说，凭着你讲究这些封建迷信，就不该提拔你。

这让秦三望有些愤怒，他义正辞言地说，老子是干出来的。

不负秦三望所望，泡桐树下挖出了两具尸体，他们分明就是杜小绒的父母周先生夫妇。现场来了一名女法医，很瘦，很白，很干净。她瘦削而颀长的脖子，从白大褂的领口伸出来，两只手插在口袋里。她的两名助手，正在不停地忙碌着。而且，他们还在泥土的浅层，挖出来一枚戒指。那是一只看上去略显单薄的戒指，但是也足够代表郝建功求婚的诚意。现在郝建功远远地站在警戒线的外围，他清晰地记得，自己选择了一个清晨埋下戒指，像虔诚地埋一粒种子，现在这粒种子竟然被警察给挖了出来。

郝建功远远地看着，他一句话也不想多说。

那天华良也在现场，他把两只手插在裤袋里，看着区刑侦大队的人忙碌着。有时候他会站在不远处，叼起一根烟来抽一阵。他看到了周先生夫妇，他们的衣服还没有完全腐烂，可以看得到二十七年前流行的式样。周先生穿的分明是一件西装，他的妻子穿着一件斜襟衫，能清晰地看到像蝌蚪一样的盘扣。他们的骨头已经零散，有一部分藏在衣服内。华良就想，命运是不公平的，命运让这对夫妇的人生过得十分短暂，并且潦草。这让华良觉得自己比他们幸运多了，即便是离婚，对于人生而言又算得了什么，连擦伤都算不上。一会儿，他听到那位干净的女法医，把手搭在泡桐树的树身上，一下一下地拍打着。她仰着头，看了天空中泡桐树的树叶很久，最后说，做人都不如做一棵树。

十六

这场名叫"灿鸿"的台风正式过去了，天空显得十分明净，像被完全擦干净了的一块玻璃。连云层也能被目光所穿透，海很辽远，可以望到十分遥远的地方，比如一些海鸥的飞翔。海水是浊黄的，这儿的海水很少有蓝绿的时候，但是海水的腥味以及潮声，千篇一律。露丝站在岌岌岛的码头上，她依然背着那只小巧的双肩包，并且在脚上套了一双松糕鞋。看上去她很卡哇伊的样子，有点儿像卡通人物。她转过身来，对用警用电瓶车送她来到码头的华良笑了一下。阳光十分刺眼，这就让她的眼睛有点儿睁不开。她简直就像是闭着眼睛说话，她闭着眼睛说，华良警官，我就要走了呀。

露丝离开岌岌岛，说是要换一个地方去看风景。她说三毛也是这样的，一站又一站地去看风景，一直到生命的散场。华良就想，其实露丝是幸福的。她像一朵肥硕的浮萍，行走在人间。烦恼比许多人都要少得多，是因为她要求得比别人少。她把自己喜欢的一只可爱的玩偶熊送给了华良，说，这只熊猫好可爱的，留个纪念吧。

华良本来想纠正她，告诉她这是熊，不是熊猫。但是他最后没有说，只是笑了一下。华良看着她进入简陋的检票口，然后踏上了一块摇摇晃晃的踏板，进入了船舱。然后她回转了身，对着华良笨拙地挥动着手臂，大喊了一声，看在大海的面子上，华良警官要对自己好一点喏。

华良继续笑了一下。他的眼眶突然有些湿润，不知道为什么，他觉得这个露丝，特别像自己的妹妹。

　　任素娥住在定海看守所里，她的生活变得十分平静。她是以诈骗罪名被捕的，在进行审判前，她被关进了看守所。每天她的目光都会穿过狭小的窗口，看着外面背着枪时不时闪过的武警。华良带着芦生来看她，这让她一下子想起了她来到岌岌岛的时候，轮船上是和华良坐在一起的，下了船以后是芦生用一辆破车把她接走的。刚刚发生的一切都历历在目，而命运始终不知道在下一秒会经历什么，比如现在的她。但她还是表现得很开心，在接见室里，她接过了芦生递给她的一些零食，看到芦生仍然把衬衣的袖口扣得十分严实，黑软的头发，纹丝不乱地挂在脑门上。芦生说，我就要回老家淄博了。如果你愿意，你到时候到淄博来生活。

　　任素娥问，淄博除了水和空气以外，还有什么？

　　芦生想了想说，蒲先生在黄昏掌灯，在清晨来临以前安睡。朴素的日子，让他的衣衫变青，眉毛渐白。他闭上眼睛，耳朵里就能灌满隐隐的水声。聂小倩在水边等待宁采臣……

任素娥就皱了皱眉头说，我在问你，淄博有什么？

芦生说，我刚才已经说了，有蒲松龄，他写了一本叫《聊斋》的书，十分畅销，不停再版。

任素娥就有点生气地说，我同你讲，芦生，你要把你衬衣的袖口解开，卷起，你要把你的头发弄乱，你以后说话不要给我阴阳怪气的，我要是能从看守所出来，我真想抽你两个耳光。

芦生就笑了，说，你现在要是能出来，我愿意被你打得半身不遂。

华良一直不说话。他在边上温和地笑笑，并且为自己点上了一支烟。边上的管教干部说，不准抽烟。华良就说，我不抽，我就这样叼在嘴上。任素娥也笑了，她又一次想起了自己曾经抽了华良无数支利群牌香烟。于是她说，给你一个福利，等我出来了，让我来陪你抽香烟。

华良后来在离开看守所以后，才发现，自己跟任素娥一句话也没有说。任素娥望着华良带着芦生离开了接见室，他们走进了接见室外一大片的阳光中。任素娥笑了，她说，华良，我以后出来了，要生活在岌岌岛。我打算去鹿鸣坳，听说那儿生活着一大群的獐。

说这话的时候，任素娥耳畔就灌满了潮声。她来到岌岌岛以后，其实还一直没有见到獐。但她觉得那不应该叫獐，在她的心中那是一种美好的鹿。华良和芦生就在大片的阳光中站住了，这两个素昧平生的男人，相约来看望任素娥，其实是让她有点感动的。他们没有说话，继续往前走了三步，这时候任素娥的声音又响了起来，她说，华良，那个谷来，也就是杜小绒，她跳海了。你们永远也找不到她了。

华良和芦生再次停住了脚步，但却依然没有回头。华良问，你怎么知道？

任素娥说，我是猜的。我猜的一定是对的。

华良问，为什么一定是对的？

任素娥说，因为我是福尔摩斯，也因为这本来就是命。

十七

　　四个月后的清晨，华良骑着警用电瓶车来到了岌岌岛警务室。天气已经十分寒冷，他也穿上了冬装制服。他把自己随便地倚在了警务室的门框上，刚刚点上一支烟，野柿子树上最后的几片树叶就开始纷纷扬扬地飘落下来。他重重地吸了一口烟，看到树上还挂着零星的红灯笼一样火红的柿子，在萧瑟之中平添了几分喜气。他又重重地吸了一口烟，看到新分配来的辅警叶全富把一个电热取暖器搬进了警务室。叶全富是岌岌岛上本地的居民，他年轻的时候喜欢下海扪鱼，在海上漂来荡去。这让他的皮肤显得十分黑，但是看上去也很健硕。他少年时候的理想是当兵，兵没有当成。后来他想当海岛民兵，经常去驻岛的连队看人家出操与训练，也就是胡友权服役的连队。他没有当上民兵，但是部队的口号都被他学会了，他还学会了唱《战友之歌》。后来他想加入联防队，也想当警察，但是都没

104

能实现。但是突然有一天，他从一艘渔船上下来的时候，身上还沾着浓重的鱼腥味。这时候他的手机响了，在市公安局刑侦支队当副队长的秦三望给他打来了电话，说你想不想当阿SIR。秦三望是他的远房外甥，尽管他们年龄差不多，但那也还是外甥。叶全富就显得很激动，他以前给秦三望说过几次，说想当阿SIR。他把当警察不叫当警察，叫成当阿SIR，是因为年轻的时候，香港的警匪片看得太多。他在电话里沉默了一分多钟，秦三望在那边差点要挂断的时候，叶全富才深情地说，我愿意。

仿佛他是在结婚。

叶全富穿着崭新的辅警服装，他给华良绽开了桃花一样的笑容，是因为他知道华良虽然是普通社区民警，但是人家是正规军，有编制。他笑的时候，牙龈有些外露，粗壮的门牙就十分夺目。他不年轻了，他跟华良就是这样说的。他说华警官我不年轻了，我再不实现自己的理想，就要来不及了。

华良笑了笑，这时候他才发现，原来每个人都有着自

105

己的理想。他不太愿意关心叶全富，他关心的是那棵孤独的野柿子树，他一直在想一些奇怪的问题，比如野柿子树的理想又是什么，一只衔来了种子的鸟，它的理想又是什么。冬天显然就要来临了，风开始变得寒冷，这时候叶全富开始哼唱他熟悉的岛上的渔歌《珂鱼调》。黄鱼黄髭髭，鲳鱼铮骨亮，鳓鱼刺多猛，带鱼眼睛交关亮……

华良在叶全富轻声的哼唱中，顺便想了一下潘小桃。他和潘小桃离了婚，从皇家庭苑搬了出来，住回了他以前生活过的定海城的钞关弄。他知道潘小桃开海鲜餐馆赚了一些钱，但他还是很男子气地把房子留给了潘小桃。潘小桃说，或者我补贴你一些钱。

华良就笑了，说，钱够用就行。我不需要。

潘小桃问，那你需要什么？

华良想了想，他实在想不出来他需要什么，于是就说，我需要理想。

潘小桃就没有再说什么。他们的婚姻结束得没有一丝波纹，像没有经历过一样。

手机响了，是同学秦三望打来的。他现在是市局刑侦支队副支队长，电话里他的声音中气十足，说，在哪儿？

华良就说，我在岌岌岛，今天值班。

秦三望说，你傍晚回本岛吧，晚上大家一起聚一聚。

华良就说，好的。

秦三望犹豫了一下，说，在潘小桃开的海鲜酒楼，没问题吧？

华良想了想，笑了，说，潘小桃是谁？

秦三望也笑了，说，那就好。

华良知道，秦三望的意思，是要庆祝一下自己的荣升。按照前妻潘小桃的说法，自己和同学秦三望的距离，越来越遥远了。

这天晚上，下起了雪。华良忘记了海鲜酒楼最大的一号包厢里来了多少人，每个人都举杯祝秦三望荣升。秦三望不喝酒，说，有纪律，警察不喝酒。他又看了一眼华良，说，华良不上班，喝一点吧，你喝点儿没事。华良就说，好的。

华良于是就喝了很多的酒。他不是故意要喝很多酒，他就是想喝，因为不停地喝酒，就可以不说话。他懒得说话。这中间他的前妻潘小桃还来敬了秦三望一杯酒，她带了一个男的，一起来敬，说秦队长以后要多关照的，我喝了，你随意。

潘小桃喝得很勇猛。她远远地看了华良一眼，华良的目光却在那个男的身上一扫而过。凭着强烈的直觉，他觉得这应该是潘小桃的下一任丈夫。果然潘小桃对秦三望说，这是我先生。他也姓潘……

秦三望就望了华良一眼。华良不说话，又喝了一杯，笑了笑。秦三望却没有笑，他本来是笑的，但是他的笑容慢慢收了起来，看了那个男人一眼，对潘小桃说，他姓潘跟我有什么关系？

突然之间安静了下来，场面有了一些尴尬。秦三望却继续加了一句，指着那个男人说，你给我出去。

华良是有些感激这个老同学的。但是他不愿意秦三望这样，隔着热闹的人群，华良看到潘小桃带着男人尴尬地边打圆场边离去。华良听到潘小桃说，小潘咱们不打扰秦队长了，隔壁桌是文联的一帮作家，我带你去认识一下。这时候，华良侧过头，看到了大玻璃窗外面，竟然开始落起了雪。他没有声张，而是认真地看着雪，他其实是想要数一下雪片的，一朵，两朵，三朵，很快他就数不清了。在嘈杂的人声中，他重新开始数，一朵，两朵，三朵……

散席后的华良，走上了回家的路。钞关弄房子老旧了，散发着老年人的气息，华良的父亲把房子留给他，他觉得这是一笔巨大的财富，他的童年和少年都在这儿度过。这中间有一座旧宅院，叫做朱宅。朱宅的天井，种着一株梅花。那里面一个姓朱的女孩，上初中的时候，和华良一个年段但不同班。华良记得，女孩干净而清爽，特别是她的人中笔挺，很立体。她不爱说话，眼角有一粒细微的小痣。有很多时候，她会坐在天井里看书。有一年，华良记得她一共穿过两种不同的裙子和三件不一样的衣服，而且这一年她有了一个漂亮的蝴蝶发夹。华良老是觉得自己的记忆差，他记不起来这是哪一年。他隐隐记得，她后来应该是出国留学，定居，并且带走了自己的父母，生活在华盛顿的阳光下。读初中那时候，华良也特别想和她说话，有好多时候，他假装在女孩面前走过，他甚至想好了要问的问题。但是他没有问，所以他一直没有和女孩说上话。

现在这个女孩，像是从来没有生活在钞关弄一样消失了。只有梅花还在，老了，但是开出的花却鲜艳，很猛烈的样子。所以现在，华良决定暂时不回不远处赖以栖身的家了，他要拐进院子去探望一下梅花。吱吱呀呀的声响中，他推开了这座废院的门，借着弄堂的路灯光，看到了那树蜡梅已经开放了，绽出暗红的花朵。

华良走进院子的中央。院子是青砖铺地的，这让他觉得仿佛站在了一个久远的年代里，比如康熙年间。华良久久地站着，又点了一支烟，很久都没有动。雪花于是飘逸地落在了他的睫毛上，这让他的眼睛很凉。雪花又落在了他的脖颈里，瞬间融化，有那种冰凉的温暖。华良开始微笑着，轻声朗诵：穿过县界长长的隧道，便是雪国。夜空下一片白茫茫。火车在信号所前停了下来。一位姑娘从对面座位上站起身子，把岛村座位前的玻璃窗打开。一股冷空气卷袭进来。姑娘将身子探出窗外，仿佛向远方呼唤似的喊道："站长先生，站长先生！"……

在华良朗诵的声音里，他终于清晰地想起，这位姓朱的女孩，并没有读大学和出国留学，而是在念初二那年死于一场台风。台风吹落了高楼上的一只广告灯箱，砸在了女孩的头上。女孩倒下以后，铺天盖地的雨就落了下来，将她十来岁单薄的身体紧紧包裹。后来，女孩的父母一夜之间头发全白了，他们也从定海消失得无影无踪。台风有一个美丽的名字，叫做"芸妮"。

蝌蚪

我想去
那个太阳暖烘烘的
地方

亚美带六岁的女儿稻草租下半道绿小区 24 幢 4 楼的这间五十二平方米的旧房时，感到了彻骨的冷意包裹住全身。是那种湿冷，冷到骨头里的那种冷。那天亚美打开了空调，在巨大的响声中，老掉牙的空调轰鸣着像战斗机一样开始运动起来。亚美看到那墙上空调的外壳不停地颤动，总觉得它是得了帕金森。

　　这是那个寒冷的南方小县城的冬天，年关就要逼近了。亚美在看到楼道里那厚厚的广告纸覆盖的过道墙壁时，心里就像永远复燃不了的死灰。她觉得自己陷入了南方小县城像井一样深的阴冷中，看不到希望。房东已经悄然离开，像飘走的灵魂。而她牵着稻草冰凉的手，深深地陷入了无

114

边的寂静中。

亚美被这种寂静封冻，像一尊蜡像一般。她有点儿觉得，有时候时光和生命，都是静止的。这样的静止没有什么不好。然后她和稻草不约而同地看到了钟村，钟村穿着棉睡衣、棉睡裤，手里捧着一碗康师傅牛肉面。他把身体平易近人地靠在了楼梯口亚美刚刚租下的 401 室的门框上说，一千？

亚美不是很喜欢这个后来她才知道叫钟村的人。他戴着近视镜，头发有些乱，胡子没有刮。亚美甚至怀疑他连牙也没有刷过。上一次租 401 的人是一千二，钟村吸了一口面条，像是有些自言自语地说，我觉得不值。

这楼太旧了，比旧社会还旧。钟村补了一句，就像一个迟暮的老人。

钟村之所以能说出迟暮的老人，是因为他是一位小说家。他对自己的遣词造句很满意，在这座单名叫杭的县城里，他连作协主席也不屑当。他对动员他当主席的文联书记说，让年轻人去当吧。而事实上他只有三十六岁。他不愿意当是因为他觉得县里的作协主席这个职位，已经配不上他的文学成就。

亚美不太喜欢方便面的那种气息，她抽了抽鼻子，挤出一个笑容说，你住哪儿？

我住你隔壁的 402 室，咱们这儿是一梯四户，就我一个人不是租户，我就住在这儿，我住了十八年了，十八年，你就应该想到这楼得有多破。这简直是一个破得不成样子的楼，连这儿的岁月都是破的。

你是干吗的？亚美又问。

钟村迟疑了一下，终于说，我是作家，确切地说我是小说家。我比较贫困，但我吃方便面不是因为我贫困，是因为方便。

亚美没有说话，到现在为止，她确定她遇到的是一个话痨。果然，钟村接着说，我再过去的那间 403，住着一对小年轻，男的是一名快递员，女的是房产中介。再过去的 404，空了一段时间了，没租出去。没租出去不光是因为破，还因为租得太贵，房东要一千三。房东是个老太太……

116

稻草这时候才问，你叫什么名字？

钟村又迟疑了一下说，我叫钟村。

稻草笑了，说我叫稻草，我六岁，我是我妈妈的女儿。

这是一个阴冷的黄昏。冬天的夜晚来得快，黄昏的时间就很短。当亚美开亮所有的灯时，这个夜晚才算正式来临。那空调的制热还算不错，亚美觉得有了一丝暖意。她看了一眼钟村笑了，说，你这样靠着我家的门框，门框也会疼的呀。

钟村一下子就笑了，说，我觉得你都可以写小说。

亚美说，我对小说没兴趣。我连日子都过不好，我写小说干吗？

钟村一下了有了虔诚严肃的神情，他真诚地说，就因为日子过不好，所以我们才需要小说。小说是会让人温暖的。

亚美说，钟村，那小说是不是能代替空调？

亚美的老家是一个叫抚顺的地方。她在这座叫杭的县城寻好了一份工作，白天替万兴印刷厂去跑印刷业务，不停地跑。晚上就在豪庭夜总会里推销酒水，不停地喝酒助兴。她经常把女儿关在家里，她对稻草说，稻草，你要听话，你已经六岁了。六岁后就是个大人了。

于是稻草就问，那你也是六岁那年长大的吗？

亚美迟疑了一下没有说话，她想起自己六岁那年，父亲被一根水泥电线杆压死了。尸体被抬到家门口的时候，她看到父亲的头已经被压烂了。那天也是一个黄昏，亚美觉得那个黄昏，同样地充满了寂静。她没有哭，只是专注地看着院里发生的一切。母亲哭了，她开着电灯哭，哭完了就对亚美说，这都是命。

她很认真地对亚美说，我告诉你，命比什么都重要。

亚美是个很朴素的人。她很干净，不去上班的时候完全是素颜。她跟人交往也很得体，话不多，印刷业务却接了不少。业务单位都觉得她像个小学或者初中的老师。亚美晚上的时候，很热烈，她卖酒的提成也不少。她可以陪人喝酒，因为她酒量太大。有一回一个老板说，一口喝下这一杯威士忌，我就在你这儿开一瓶两万块钱的。亚美知道，按这样算的话，她可以提成五千。

亚美就喝了一杯威士忌。

那天老板把手搭在了亚美的屁股上，说，你挺敢喝啊。

亚美就把眼睛眯成了一条线，说，连人也敢杀。

老板就愣了一下，说，你真会开玩笑，我喜欢。

亚美也笑了，说，我不喜欢开玩笑，我以前杀过人，未遂，你信不信？

老板的笑容有些尴尬，说，我不信。

亚美吐出一口烟。她在夜总会卖酒的时候，是会抽烟的。她盯着自己面前的一团烟雾认真地说，以后你会信的。

亚美又对着那堆烟雾说，破烟。

亚美后来终于知道，小说家钟村其实是个孤儿，很小的时候就一个人生活。他和这幢楼是一样的孤独，但幸好他的职业让他并不十分害怕孤独。他经常一个人喝啤酒吃泡面，奢侈的时候，他会为自己加一根火腿肠、一个卤蛋。

他经常一个人对着镜子扭胯跳舞，跳得十分难看。但是他怪罪于那面破旧的穿衣镜，那面镜子质量不好，失真，所以看上去有点儿像哈哈镜。夏天的时候，他会对着镜子数腿毛，他的腿毛浓密，壮观地长在他瘦弱的腿上。除了写小说，他还热衷于推理，他觉得他会是一个好的推理小说作家。

但是，他觉得推理小说属于类型文学，他觉得这个不登大雅之堂。他是一个对自己有要求的人。

那天他继续在穿衣镜前扭胯，嘴里发出轻微的歌声给自己伴奏。他唱的是一首老歌，叫《路灯下的小女孩》。这让他自己都觉得滑稽，一个三十六岁的不年轻的男人，竟然唱《路灯下的小女孩》。就在扭到一半的时候，他听到了亚美的声音。亚美说，你都六岁了，你好好待着，你长大了。

钟村就停止了扭胯。他走到门框边上，把身子倚了上去。这次他倚的是自己家的门框。他对亚美说，你怎么可以对一个六岁的小孩说这样的话，你怎么可以让她一个人待在家里？你要是这样的话，我是要报警的。这很危险。

亚美就说，那你领走吧。你不是小说家吗？小说家天天在家里，你可以帮我带孩子，我付你工钱。

钟村就笑了，你别以为我真穷。我的富足，你根本不懂。

亚美就说，我也不想懂。我上班了。

那天钟村从房间里出来，慢慢走到了401室的门口，门口其实就是楼梯口，钟村看到眼帘低垂的亚美一步步下楼。她的腰间挂着一个劣质的包，看上是一个假名牌，上面标着LV的一个金属标识。她的右手就搭在包上，很像是武工队员们手中永远搭着一把驳壳枪一样。有那么一瞬，钟村觉得自己是喜欢这个叫亚美的北方女人的。她的个子高挑，皮肤很白，脖子出奇地长，让人联想到湖里面的天鹅。因为腿长，她穿裤子很有型。钟村就牵过稻草的手，目送着亚美走下楼梯。他以为亚美会回一下头的，所以他的目光一直都在殷切地望着。但是亚美没有回头，她像一个陌生人一样下了楼。钟村揉着稻草乱蓬蓬的杂草一样的头发说，以后你白天到我这儿来。

稻草用大人的口吻说，我也是这么想的。

每天早上，亚美用钟村给的钥匙打开钟村家的门，开上客厅的空调，让稻草在钟村家的木地板客厅玩。钟村一般要睡到近中午的时候才能醒来，他醒来的时候，发现客厅比春天还要温暖。这让他心疼地盯着空调看了半天，计算着一天的耗电量。后来他咬了咬牙，认为不能太在意这些身外之物，心下慢慢释然。一般情况下，他醒来以后开始安排两个人的午餐。他的午餐很简单，有时候是外卖，有时候就是煮面条或者年糕。他跟稻草说，在吃上面用不着太讲究。因为吃的功效只有一个，就是补充人体必需的能量。顶重要的是，精神上的富足。

稻草对这样的说法是不认同的。稻草说，我和妈妈都喜欢吃好吃的。我妈妈说，不然生活就失去了意义。

钟村无力去反驳一个小孩子老气横秋的话，所以钟村想了想，什么也没有说。他们的相处很和谐，有时候一起做个小游戏，下跳跳棋，或者他们在客厅里比赛跳绳。大部分时候他们各顾各的。稻草主要的工作是在 iPad 上刷动画片，刷小游戏。钟村一直在写小说，他的小说停停走走，有时候一天到晚一个字也没有写，这让他觉得焦虑。他的内心是很想成名的，县城里一名老作家说，成名有一半是要靠运气的。特别是小说。光有理想是不行的。

钟村不信。他说，我不信命。理想万岁。

老作家就笑了，说，那我祝你好运。

所以钟村就想，自己如果不写小说了，生活也同样失去了意义。

稻草对钟村的一间锁着的屋子很有兴趣，有一天她就站在门前，对着门说，钟村我想去这里面玩。这里面是不是藏着很多玩具？

钟村就笑了，说，不能进去玩。这里面堆着好多画，很贵重的。

这话钟村对亚美也说过，亚美说你应该让屋子通个风的。钟村说，我说过我不是穷，我有很多油画，都放在这间屋子里。随便拿出一幅画，就能买一套半套房子。

钟村又说，你不要被我吃方便面的假象迷惑了，千万别同情我。

亚美于是就笑着说，我不信你有钱。

钟村愣了一下说，为什么？我身上写着我没钱吗？

亚美就说，你骨头里写着。你那些破画，如果是市里的那些画家画的，全部卖掉都可能买不到一两个平方米的房子。

钟村终于笑了，有些局促地搓着手说，是。但我还是觉得珍贵，珍贵的东西不在于有多少价值，在于在你心里的位置。

亚美说，我现在需要的是最不珍贵的钱。我和稻草，十分迫切地需要不珍贵的钱。

总的来说，稻草还是一个很乖的孩子，她短而粗糙干燥的头发，是烫过的。烫成一个圆球的形状，这让稻草看上去就像一个洋娃娃。有很多时候，他们吃着东西，相对坐着，这让钟村的心头暖烘烘的，他都觉得自己和稻草之间，像一对父女。他不仅需要给稻草讲故事，还要带她去城东的公园玩。他们已经相互熟悉了，稻草叫他钟村，不叫他叔叔。她糯滋滋的声音把钟村叫得很欢畅，仿佛钟村是一尾兴奋的鱼。

很多时候，稻草会在钟村家地板上睡着。这样的时候，钟村会把空调开到最高挡，然后在木地板上抛一床棉被。在这样的被窝里，稻草是感觉到温暖的。她把自己的身子蜷缩成一团，像一只刺猬。她睡着的时候，睫毛很长，神态安详，像个洋娃娃。钟村经常会这样自言自语，多么纯洁的孩子啊。

钟村给稻草做了一个玩具，竟然是一把弹弓，用铅丝做的，配上皮筋，配上一块人造革的皮。稻草很喜欢，她不时地团一些小纸球，用弹弓弹向钟村。钟村就问，你为什么每次都要瞄准我？

稻草说，又没有别的人可以让我瞄准了。

很多次，稻草在地板上睡着了的时候，手里还是握着那把弹弓。钟村就站在边上久久地看着地板上的稻草，仿佛稻草是地板生出来的，又仿佛弹弓是稻草的一部分。她很像一座躺着的浮雕。

钟村心里头就叹息一声。他觉得稻草的生活前途未卜，因为他知道亚美其实是一个杀人犯。

亚美在外面很忙碌，在杭县虚无缥缈的阳光底下，她像一片随风晃动的泡桐树叶。她经常打电话来问稻草的情况，无论是白天跑印刷业务的时候，还是晚上在酒吧里卖酒的时候。在钟村眼里，这个女人像妖怪一样生活在这幢楼里。夜深人静，钟村会穿着棉拖鞋和棉睡衣上到楼房的天台，他喜欢在天台上抽烟。不知是哪一户人家，在天台上面建了一个鸽笼，所以天台上就有许多白色的粪便，以及鸽子特有的腥骚气味。钟村有时候站在天台边沿，俯视着大地，能看到爬山虎的藤蔓抓紧了这幢楼。这让他想到了亚美，他觉得亚美就是爬山虎，像一种妖怪一样地存在着。这个妖怪白天穿着得体，素颜，素衣，但纤秀的体态与清爽的容貌，十分清丽，像一棵朴素的青菜。到了晚上，又十分活跃，眼睛里亮着光，从颜色上来看，她就像一粒草莓。从果实来看，她是饱满温润的牛油果。

偶尔，他们三个也一起吃饭。这样的时候往往是亚美请客。亚美赚着两份工资，她点起菜来大手大脚，有一次甚至点了一瓶茅台。亚美是这样说的，她说钱就是用来花的。我以前也很会挣钱。这让钟村多少有些汗颜，他望着面前喝酒的女人。女人把自己的脸喝得一片绯红，像连绵的晚霞一样。这让钟村想到了黄昏，他喜欢黄昏，他经常在黄昏时分去天台上看看这座城市的风景。他最喜欢的是北门地带，那儿有一条狭长的弄堂，时常有烟火的气息升腾起来。他还喜欢远处的一条江，以及江边化肥厂的烟囱。

他觉得眼前这个喝酒的女人可惜了，他特别害怕她会被警察突然逮捕。他甚至幻想，如果女人真的被警察带走了，那么他会抚养稻草长大。

这是杭县的一个中午。稻草已经按部就班地在地板上睡着了，她的手上仍然握着那把弹弓。她右边的脸胖嘟嘟，身上盖着一床随意抛下的棉被。这样的场景像一幅懒洋洋的油画一样，让钟村的目光流连忘返。那天亚美刚从一家业务单位回来，在此之前，她和那家制药公司企划部的经理，就产品包装的印刷问题谈了很久。当然，主要谈的是回扣。经理姓赵，很瘦，穿着白衬衣，十分纤细的样子，像一株枯萎了的文竹。他站在空调的暖风口下，故作书卷气的样子，让亚美特别想笑。亚美突然想，这么瘦弱的一个人，会不会在暖风口下站久了，风干成一具木乃伊？

亚美的业务最后还是谈成了。所以她往半道绿赶的时候，就有些兴冲冲的味道。她的脚步很轻，像是踩在云上的那种轻。她买了酒，买了熟食，她想找钟村喝一杯。然后她就兴致勃勃地出现在了钟村的面前，她当然也看到了地板上沉睡的稻草。钟村把中指竖在唇间，很轻地嘘了一声，示意她噤声。这个举动让亚美觉得温暖，世

128

界上所有的母亲，见到有人对自己的孩子好的时候，都会觉得温暖。在这样的温暖里，亚美露出满嘴的白牙笑了，她的两只手都举了起来，左手是熟食，右手是一瓶写满了英文的红酒。很像投降的姿势。

钟村点了点头，也笑了。亚美就用手指了指自己那间屋，钟村又点了点头。两人心照不宣地向401室走去，轻轻合上了门。

这是一个愉快的酒局。那台老掉牙的空调卖力地工作着，依然像帕金森一样抖动着机身。酒局的气氛很热烈，红酒杯是用陶瓷杯代替的。钟村一边喝着红酒，一边皱着眉，仿佛很懂酒的样子说，红酒有好多是假的。你以后不要买，这种红酒只是贴了一张写满英文的商标纸而已。

亚美就说，你他妈的真扫兴。

钟村看了亚美一眼，亚美说，我说你他妈的真扫兴。

钟村就狠狠地咬了一口手中的酱鸭舌，说，我也觉得扫兴。我管它是不是假的干什么？

亚美于是笑了，说，你看咱们要不要猜拳？谁输了谁罚酒。

钟村就说，我认为猜拳行令，是古代文人的美好生活的体现。

亚美就说，不是的，是我拉了一笔业务，能分到钱了，所以就猜拳行令了。

钟村听了就有些失望，说，也是啊。接着他又说，来，人生得意须尽欢，八匹马呀。

亚美也伸出了手指头，夸张地挥舞着说，我要赚钱，六六顺风哪。

钟村接下来说，呼儿将出换美酒。五子登科啊。

亚美接下来说，业务多多啊，四季发财呀。

亚美不再像一棵朴素的青菜，她的脸色红润，脱掉了外套，显得干净利索。头发不时地在她的额前垂下来，所以她不时地拢着头发。屋子里的空调，已经开足了马力，所以屋里的热气中弥漫着熟食和红酒的气息。亚美不时地咬着嘴唇，她完全放松地笑着，笑得东倒西歪的样子。钟

130

村就想，原来以前的亚美，是被心事封锁着的亚美。

于是钟村在又喝下了一杯酒的时候说，你不要再咬嘴唇了。

亚美愣了一下，似笑非笑地说，怎么了？

钟村说，让我来咬好了。

那天钟村伏在亚美的身上时，才发现亚美原来有那么好。亚美的好，让钟村有一种想哭的冲动，所以他伏在亚美的怀里哽咽。他突然觉得，此刻才是真正的美好人间。亚美把自己舒展开来，她很放松，她像是在听一场音乐会，或者说她本身就是一片海边的沙滩。

你把你的长发理了，你可以理板寸。亚美抱着起伏的钟村，在他的耳边说。

钟村说，你管得真宽。

亚美就说，那是因为你现在对我了解得很深入，所以我也必须要管得宽。再说我不喜欢看到男人长发。

钟村说，为什么不喜欢长发？

亚美就说，因为脏。短发精神，干净。我男人也是板寸。

钟村就含混不清地说，你男人？你男人指的是不是你老公？

亚美就说，是的。你还不能算是我男人。

钟村流下了些许的口水，他的脸部压迫在亚美的右脸上，有些变形。他的声音也因为用力过猛变了形，声音奇怪地穿梭着，像从一条弄堂里奔出来的一缕着急的风。他说，你爱他吗？

很爱。像爱稻草一样爱。可是他打我。亚美抱紧了钟村胡乱挣扎的头说，他也很爱我。

他打你，怎么会是很爱你？

爱不爱，我心里有数。

那天穿衣服的时候，亚美望着钟村说，你会对稻草好的吧？

钟村说，会。

亚美说，你说话要算数的。

钟村就沉默了。他坐在被窝里抽了一支烟，抽完烟的时候，亚美说，被窝里抽烟，只能有一次，下次不允许。

钟村就觉得，其实亚美他是不了解的。亚美其实挺难搞的。于是钟村说，算数。

钟村的这句算数，是回应很久以前亚美说的，你说话要算数的。

亚美笑了，依然露出满嘴的白牙说，既然你这么说，那我以后不去酒吧卖酒了。我跑跑印刷业务就够了。

钟村说，为什么不卖酒了？不是卖酒赚得多吗？

亚美说，我不能让他们占了便宜。

钟村就警惕地说，什么便宜？

亚美说，他们摸我。

钟村停止了穿衣，他想了一会儿说，我就知道让别人买你的酒不容易。

亚美说，和你写小说一样，写个小说容易，写出名堂来不容易。

钟村觉得亚美说的话很有道理。他同时觉得，因为刚才的深入了解，亚美一下子变了很多。比如，她说你会对稻草好吗，再比如，她说她不再去酒吧卖酒了。亚美的变化，让钟村觉得自己也必须要用变化来作出回应。于是他说，我想同你谈谈。

谈话是在天台上进行的。在开始谈之前，钟村用一小包玉米粒去喂那些咕咕叫的鸽子。玉米粒是鸽子们的主人放在天台上楼道出口的屋檐下的。主人是一个老头，他叫苏州河。他看到钟村喜欢喂鸽子的时候，莫名地对钟村有了好感。人总是这样，当有人喜欢自己喜欢着的人和事后，会平添出许多好感来。后来钟村才了解到，苏州河的爹是上海滩的旧警察，他养过一阵子警鸽，同样是在天台上。

那天喂完了鸽子，钟村就望着眼前成片的杭县的楼房说，生活会给我们一记响亮的耳光。

亚美点着了一支烟，很深地吸了一口，又吐出来。她望着钟村被风吹起的长发说，我还是建议你去剃个头。

钟村说，你真不会聊天，所有的意境都被你聊坏了。

亚美说，你那不是意境，你是意淫。

钟村说，自从见到你的那天起，我就知道你藏着巨大的秘密。你孤身一人，从北方来到了杭县，你从东北跨到了江南，你是逃出来的，因为那个爱你很深的男人家暴你。

亚美没有说话，她瘦削的目光穿过了香烟的烟雾，投向了整座灰暗的城市。她特别想要望到城市最深的地方，或者，她特别想要望穿云层。她总是觉得云层里面不光有雨水，还有秘密。

钟村说，你动手了。为什么动手，那是因为你其实很爱他。当很爱的一样东西得不到的时候，人们往往都会选择毁灭。我还知道，你在酒吧里卖酒跳舞的照片，是在平安夜那天拍的，被做成了橱窗海报，印在了酒吧的宣传册上。你恼怒地找老板算账，说是侵犯了你的肖像权，一定要撤下，要销毁，给多少钱都不干。为什么要这么做，因为你怕太多的人见到海报，见到宣传册，你怕被更多人发现你生活在杭县。特别是警察。

说不定你就是一个通缉犯。钟村说，你应该是抚顺人，尽管你的手机号码是上海的，尽管你很注意了，但是你有东北口音，比如你有一次跟稻草说到了天擦黑。而且，有两次我看到你在翻抚顺的天气信息。

亚美点了两根烟，把点着的其中一根塞进了钟村的嘴里。

钟村喷出一口烟来，他用手掌挥赶了一下烟雾说，有一次你听到警车的呼叫，那时候你在盛一碗汤，你的手抖了。那天我跟你说，那不是警车，那是消防车的声音。消防车和救护车，和警车的鸣笛声是不一样的。你说，噢。但你没有说，你并不怕警车。你只是说了，噢。

更重要的是，稻草经过了你严格的训练，她竟然会讲好多上海话，她小小年纪，滴水不漏。她也在刻意地抹去老家抚顺的痕迹。只要我有心，我都能查到那个被你杀了的老公的名字。在杭县这样的地方，警察力量很强大，只要查起来，什么都能查得到。

亚美说，那你现在想怎么做？

钟村把目光投向了天空，一种使命感突然就从脚底板开始涌动起来。钟村平静地说，我会保护你的。也只有我能保护你。

亚美说，你是救世主吗？

钟村想不好要怎么回答。沉默了许久以后，他首先用一个笑容打破了僵硬的气氛。钟村唱起了一首歌，是那首我们坐在高高的谷堆上面，听妈妈讲，那过去的故事……在钟村其实听上去很美好的歌声里，一天就十分美好地过去了。这一天钟村觉得自己了解了亚美很多，比从亚美住到"半道绿"以来了解的总和还要多。

钟村说，我们下楼吧。也许稻草醒了，也许稻草饿了。

那天钟村迈步离开天台的时候，黄昏呼啸着向他掩盖过来。像被海水吞没一样，他是被黄昏吞没的。亚美跟在钟村的身后，她的思绪很特别，她觉得这个叫钟村的人，是个善良的话痨。但这并不影响亚美对他的喜欢，喜欢这种情绪，最主要的是靠气息相投。从她的骨头里，是喜欢

137

伤感的男人的。

比如，钟村像一滴水掉进海里一样，钻进天台的门洞不见了，仿佛是被门洞吸收了。亚美觉得，这样的背影是能打动人的。走到 402 室门口的时候，钟村看到稻草就站在屋门口，她的身上滑稽地披着一床棉被，这使她看上去显得十分臃肿。她当然也看到了跟在钟村身后的亚美。稻草在沉默了一会儿后说，你们去干什么了？

晚饭是亚美做的。亚美很会做饭，她用小米电饭煲煮出了十分香甜的米饭。米粒来自北方一个叫五常的地方，饱满、圆润，最关键的是有光泽。不是一般的光，是亮晶晶的那种光。她替钟村盛了一碗饭，又替稻草盛了一碗饭，用纤长的手指头捏着碗沿，十分温润地递过来。看上去她就像一个普通的居家女人。这让钟村产生了一种错觉，觉得自己是拥有一家三口的人。

这时候隔壁 403 传来奇怪的声音。这声音让钟村想起，五分钟前，快递员阿迅和房产中介成成，一前一后回到了出租房。他们的步速很快，像一阵突然刮起的胡乱的风。他们一进屋门就砰地把门关上了，然后奇怪的声音就传了过来。作为一名成年的小说家，钟村十分理解这对年轻人为什么会变成一阵风。在他的印象中，这对年轻人的精力十分旺盛。平均一天两次，他们会把声音搞得惊天动地的样子。这多少令钟村有些微的感动，他认为这是生命力的象征。现在，在这连绵的声音里，刚端起一碗汤的钟村有些不知所措，他又想喝汤，又不想喝汤。就在他犹豫不决的时候，稻草的声音响了起来。她说，钟村，这是什么声音？

钟村想了想说，这是年轻的声音。

稻草又问，那他们这是在干吗？

钟村想了想，他们在干年轻人喜欢干的事。

稻草又问，那钟村你喜欢干什么样的事？

这让钟村想起了刚刚和亚美进行的一场激烈而缠绵的事，但是他不能提这件事，他只能咳嗽了一声说，我爱好文艺。

稻草又问，那文艺是什么呢？年轻人干的事不文艺了吗？

钟村就想了想，最后竟然略略带有愤怒地说，文艺就是被隔壁这些快餐思维的人搞坏的。

钟村抽烟的时候，很多烟灰会掉在衣服上。

他喜欢坐在窗边抽烟，当烟灰掉落在衣服上的时候，他感到无边的悲凉。他十分喜欢烟灰飘落的过程，那是一种狼狈之中的粉身碎骨，或者说同一朵花的飘落是一样的。大概烟也是有生命的，烟也会开花也会谢幕。尽管他是一个写小说的，但是他其实也读过大量的诗，他觉得诗人才是世界上最文艺的存在。他最喜欢读的，是李清照的词。他特别想回到宋朝和李清照交朋友。当然这不是最主要的，最主要的是，钟村认为烟灰掉落的过程，和一朵花开败的过程是一样的，是一首诗。

三个月前，在杭县的胜利路上，市里最有名的民营书店灯盏书局，钟村为他的新书《迷雾》开了一个小型的发布会。就在发布会结束后，他回到家的时候，发现范饭跑了。对于范饭的印象，钟村现在一团模糊。如果让他回忆的话，他轻而易举地想起那是一场台风来临以前，他把刚认识的范饭带回了家。他们的相遇是在一家餐厅，他们坐着各自的位置上，都吃得很慢。最后吃饭的客人们都走了，只剩下相邻的两个人。于是他们坐在了一桌，把菜盘子也端在了一起，说是不如搭伙吃吧。范饭还一直握着一瓶啤酒，像个酒客似的。最后他们走出了餐厅，走到了城市广场的边上。他们一定是都很无聊的，所以钟村无聊地看了她一眼说，敢跟我走吗？

范饭就很惊讶，说你没觉得说这个"敢"字太老土了吗？

钟村就有了严重的挫败感，说你不怕我撕了你吗？

范饭就很不屑，说，还不知道谁撕谁呢？

那时候夜幕将临，城市广场上的灯突然亮了起来，而身边都是萧瑟的台风过境以后的残枝败叶。零星的雨，也会随风吹过来一些。在这样的萧条里，钟村一把捉住了范饭的手，他抬起头看着天空，一滴雨刚好落在了他的唇上。他笑了起来，说，哈哈，这破雨。

那天他们就并排着往前走了，大约在走出一百步以后，范饭挽住了钟村的手臂。从他们的背影来看，他们已经是一对相识已久的情侣。他们走得东倒西歪，是因为范饭确实是喝醉了。

然后他们就在这三天之内撕来撕去的，谁都没有被撕碎，但是撕得有气无力倒是真的。三天以后，钟村最新的作品《迷雾》新书发布会如期举行。在灯盏书局，钟村面对全市的文学青年，讲述了自己为什么写这本书，以及自己对文学的认知。他的目光一直落在角落里坐着的范饭身上，这是范饭三天内的第一次出门。她是悄悄跟来的，说你在台上讲你的，我不打扰你。她在角落里显得很安静，安静得让钟村以为，和自己撕来撕去撕了三天的女人，不是眼前的这个范饭。

然后，就在新书发布会结束后，范饭不见了。散场时钟村寻找范饭的身影，一直没有找到，于是他匆匆地回到

他的半道绿 24 幢 402 室，发现屋里已经没有人了。范饭
的痕迹一点也没有留下，仿佛范饭从来都没有出现在他的
生活里。范饭不辞而别，像一缕临时经过杭县的风。

这时候钟村才发现，他连范饭的手机号码都没有。钟
村这样告诉自己，就当是一场梦。

钟村经常在亚美这儿蹭饭吃。只要是亚美下班早，就
会去菜场买菜。她是给印刷厂跑业务的，没有固定的下班
时间，可以从业务单位直接回家。所以钟村经常理所当然
地去 401 室蹭饭。有时候，他也会去顶楼的天台，一待就
是半天。亚美就想，这人会不会精神有问题。他那么长时
间，在天台上干什么？

钟村在天台上一般是在抽他的利群牌香烟。有时候，
钟村也会替鸽子的主人苏州河喂一下鸽子。他蹲在天台上
抽烟，看许多鸽子在他身边走来走去，会让人觉得他是另
一种鸽子。有一天亚美找他，也走到了天台上。她走到钟
村的身边蹲了下来，从他的烟盒里抽出一支烟，点燃，然

后对着天空喷出烟雾。

两个人在很长的时间内是一言不发的。有时候偶尔相视笑一下，天空中滚动着生动的云层。

钟村问，你说，云层里面有没有神仙？

亚美的一缕头发，在风刚好经过的时候掉了一缕，垂在眼前。她拢了一下头发，说，云层里没有神仙的，但是有许多秘密。

就在这时候，他们看到一只鸽子跳下了天台。这只灰色的鸽子安静地在天台边上待了很久，它细微的目光一直望向很远的地方。然后它没有张开翅膀，像倒栽葱似的掉了下去。钟村和亚美对视了一眼，钟村说，我没想到鸽子也会自杀。

亚美没有说话。她又从烟盒里抽出了一支烟，点着，美美地吸了一口。后来她躺倒在了天台上，她就对着天空喷着烟。钟村也躺了下来，躺成一个"大"字形。躺倒的时候，钟村纳闷地说，难道鸽子也有抑郁症？

钟村那天在天台上告诉亚美，自己想写一部叫做《蝌蝌》的童话。那是因为他第一次和亚美上床的时候，看到了亚美的小肚上，文了一小块青颜色。钟村根本分辨不出来这是什么，就说，你文了一块胎记？亚美就打了他一巴掌，说胎记是文出来的？这是蝌蚪。钟村就说，你为什么要文一只蝌蚪？

于是亚美告诉他，那是有一次老公完事的时候，把一滴精液遗落在了她的小肚上。于是，亚美就在那个部位文了一尾蝌蚪，说这滴精液里藏着无数的蝌蚪，小蝌蚪都在摇头摆尾热切地寻找着妈妈。当然，这还是亚美和她的老公在热恋的时候发生的事。阳光从云层里射了下来，像一柄剑的样子，直接就劈向了大地。这让亚美的脸痛了一下，以为脸被这把光剑给劈开了。她下意识地用手掌挡住了一小缕的阳光说，那时候我很年轻。我真的很好。

钟村就说，你现在也很好。

那天钟村说，我构思的那个童话里面，蝌蚪不是蝌蚪，而是一个小男孩。男孩有一天去找爸爸，他偷偷地爬上了一辆敞篷的运货火车，火车开起来了，风灌进了他小小的

145

身体。这让他感到无比的畅快，他觉得自己很幸福。

亚美说，后来他找到爸爸了吗？

当然找到了。爸爸住的地方，那儿的太阳是暖烘烘的。

有一个叫文斌的记者住了进来。那天他走在搬运工人的最后面，双手插在衣服袋里，眉头紧皱着，好像在想着一件大事。他住在走廊尽头的 404 室，经过 402 室的时候，看到了正在吃方便面的钟村。文斌努力地挤出一个笑容，钟村也笑了一下。他走到门框边，把身体倚在门框上说，一千？

文斌望向钟村，没有说话。

钟村就说，上一次租的人是一千二，钟村吸了一口面条，像是有些自言自语地说，我觉得不值。

你是干吗的？文斌问。

钟村迟疑了一下，终于说，我是作家，确切地说我是小说家。我比较贫困，但我吃方便面不是因为我贫困，是因为方便。

文斌没有说话。钟村接着说，夹在我和你中间的403，住着一对小年轻，男的是一名快递员，女的是房产中介。你这间空了一段时间了，没租出去。没租出去不光是因为破，还因为租得太贵，房东要一千三。不知道你是不是一千租下的。

文斌笑了，问，你叫什么名字？

亚美曾经在床上努力地让自己平息下来了的时候对钟村说，那个住404的不像是个好人。

钟村就点了一支烟。他坐在床上抽烟。他是记者，钟村说，叫文斌，跑政法线的。

文斌长着一对三角眼，头发跟钟村一样，永远是乱的。他有一对深重的眼泡，仿佛用针一扎，就能掉出一眼袋的水来。

文斌跟钟村倒是很投缘。他经常找钟村下围棋，钟村后来慢慢发现，写小说和下棋，自己其实更喜欢后者。他们经常一下就下几个钟头，下得饥肠辘辘。后来钟村这样对文斌说，你不要去采访什么警察。警察破案只会用摄像头。你采访我就行。我会推理。

文斌说，我以前也写小说，差点把我写饿死了。后来当记者，发现用小说的写法写长篇通讯，就显得特别精彩。

文斌又说，你知不知道前几天发生的一件命案。有一个女人失踪了，但那是一个高档小区，摄像头密布。摄像头只看到女人进了小区，但没有看到她出过小区。女人的老公说，她肯定是出门去玩了。

钟村就冷笑了一声说，肯定被她老公杀了。你是政法线的记者，你一定知道刑事案件中，熟人作案的占比很大。

文斌说，他老公为什么要杀她？

钟村说，要么是有了外遇，有人想登堂入室；要么是谋财害命，你说的是二婚夫妻，老婆死了老公可以继承大笔遗产；要么是激情杀人，吵架吵得凶了，就一不小心失手杀了。既然摄像头查不出女人出小区的监控，那肯定是碎尸了。你知道有一个护士吗？把一个跟她有奸情的医生杀了，也是碎尸，尸体都碎成了肉丁。你说还有什么事是人干不出来的?

文斌盯着钟村的眼睛,说,那你觉得尸体组织会在哪儿?

钟村在棋盘上又下了一子,推了推自己鼻梁上的眼镜,望着文斌一字一顿地说,从下水道冲走了。

文斌抽了一口凉气,说,你说得跟真的似的。钟村平静地说,我说的就是真的。这时候,一种奇怪的声音又响了起来,那是从403室传来的。钟村和文斌心照不宣地笑了一下。钟村说,一天能响两次,也不怕累死。

那天钟村又在天台上和亚美抽烟。他们不太说话,只是望着远处的城市街景。很远的化肥厂,举着一支巨大的烟囱,烟囱在不停地喷着烟。钟村于是说,看到那支烟囱吗?有一个女人跑到这上面,然后从烟囱上要往下跳。爬到顶上的时候,突然不想死了。但是因为烟囱太高,塔体是会晃动的,于是她大喊救命。结果把全厂的人都喊到了烟囱底下了,最后她腿一软,还是掉了下来,把自己砸得像一团糨糊，全散了。

亚美问，你是怎么知道的？

钟村说，杭县就那么大，谁家的狗放了个屁，我也能知道。

然后，他们看到了身后突然多出来的两个男人，他们也上了天台，竟然悄无声息。亚美转过脸来的时候，脸瞬间就白了。男人甲叼着一根烟，他笑了一下说，你是杜亚美？

亚美说，是。

男人乙说，请你跟我们回抚顺。

亚美想了想说，好。

钟村知道，亚美杀她老公的事，还是留下了蛛丝马迹，现在警察找上门来了。

两个警察都从怀里掏出一个小本，扬了一下，又迅速收了回去。

钟村说，她发生了什么事？

男人甲说，我们怀疑她和一起杀人案有关。

男人乙说，你是谁？

钟村说，我是一名作家，确切地说是一名小说家……

男人甲就笑了，走的时候拍拍钟村的肩说，好好写小说，争取写得比生活本身精彩。

钟村的脸就白了，有些愤怒地说，你什么意思？

男人甲回转了身，望着钟村笑了，说，你很可爱。别把嗓门整那么响，我又不是和你来比谁声音大的。

那天亚美久久地望着钟村，但是她一直都不说话。钟村就说，不是你做的事，你一样也不能认。

亚美就重重地点了一下头，说，你一定要照顾好稻草。

钟村和稻草两个人的生活完全开始了。从现在起，他们像极了一对真正的父女。偶尔，文斌会加入到他们的生活中来。稻草好像完全忘却了亚美曾经的存在，她玩得很执着，热火朝天的样子。但是当钟村问她是哪里人时，她会千篇一律地回答，上海人。

你是抚顺人。钟村盯着稻草的眼睛说。

稻草想了想，说，你知道我是抚顺人，为什么还要问我是哪里人呢？

你有什么想要告诉叔叔的事吗？

稻草想了想，说，你能不能带我一起去旋转餐厅吃一顿自助餐，我特别喜欢吃自助餐上的冰淇淋。

钟村认真地点了点头说，一定带你去。

文斌经常从报社的食堂里打一些熟菜、米饭和馒头回来。三个人有时候会坐在小方桌边一起吃饭。稻草叫文斌叔叔，稻草说，叔叔，我觉得我们三个人在一起玩真好。

文斌就说，你想不想妈妈？

稻草想了想说，妈妈说，她很快就回来找我。她要我听话，你觉得我听话吗？

文斌和钟村就对视了一眼。钟村说，稻草是全世界最听话的孩子。一会儿我和叔叔表演下棋给你看。

稻草说，下棋有什么好看的。半天不说一句话，把棋子移来移去，还移得那么轻。你们是怕吵醒我吗？

文斌和钟村就又对视了一眼。

钟村说,那你唱个歌给我和叔叔听听。

稻草想了想,娇嫩的声音就响了起来:小蝌蚪,像黑豆,成群结队河中游,慌慌忙忙哪里去,我要和你交朋友……小蝌蚪,摇摇头,转眼就把尾巴丢,我要变成小青蛙,游到田里捉害虫……

在稻草的歌声里,钟村把头转向了窗外。他突然发现,窗外的风是温暖的,春天已经无声无息地来临了。这让他的骨头咯嘣地响了一下,同时,他开始正式想念一个叫亚美的女人。他发现他已经爱上了亚美,他必须照顾好稻草,并且等待亚美的归来。

这比写小说有意思得多了。这时候的钟村,这样想。

第二天钟村就带着稻草去了杭县近郊一座叫做红卫的村庄。钟村用自行车带着她,他们还带上了圆形的小玻璃瓶。在红卫村的田野的沟渠里,他们一共捉了十五只蝌蚪,全部灌进了玻璃缸里。春天在田野中得到了十分好的体现,许多绿草激动地发出了嫩芽,泥土泛出了春的气息。那天的稻草表现出少有的兴奋，她像一只在春天里蹦跳的青蛙，向着更深的春天蹦跳前进。

她在一片开满了紫云英的田地摔自己，她跳起来，摔下去，摔在漫软的地上。她再跳起来，摔下去，在每次摔下去的时候，她都会咯咯地笑成一团。

钟村那天把一身泥的稻草带回了家。为了给稻草洗澡，他特意请了一个钟点工阿姨。那是一位清瘦的女人，十分干净和体贴。她深深地看了钟村一眼，于是钟村就开始联想，他认为这个阿姨认定了他，要么是离婚了，要么是死了老婆，两者必居其一。这让钟村觉得好笑，他突然很想捉弄一下钟点工阿姨，于是他对着卫生间里大声喊，稻草让阿姨把你洗干净点，爸爸晚上带你吃好吃的。

钟村说完，心里突然漾起了无限的甜蜜，他甚至有一种想哭的冲动，觉得稻草确实成了自己的女儿。那天稻草被洗得干干净净，包裹着一块巨大的浴巾，站立在那张方桌上。她咯咯地笑着，一些未来得及擦干的水，掉落在桌面上。她突然对着钟村叫了一声，爸爸。

就在这天晚上，亚美回来了。那时候稻草已经睡着了，手里仍然紧紧握着那把钟村给她做的弹弓。屋子中央的空地上，一个小圆玻璃缸里，十五只小蝌蚪在自由地游动着。亚美敲开门，首先冲向了稻草，很深地在稻草的脸上亲了一下，然后她侧过来，望着钟村说，你很好。

钟村说，我当然好。

那天亚美和钟村去天台上聊天。钟村说，你一共回去了十一天零五小时二十八分。

亚美说，我已经决定了。

钟村问，你决定什么了？

亚美说，就在你刚说我回去了十一天零五小时二十八分的时候，我决定了，我要离开他。

钟村说，他是谁？

亚美说，他是我老公。

这时候，钟村才知道，亚美从来都不是一个杀人犯，原来亚美的老公不过是躲避别人的讨债，去越南生活了一

155

段时间。现在他回来了，据说带回来一个越南少女。那个少女才十八岁，长得像青杧一样年轻，形状也很像。

两个便衣出现在天台上，他们来带亚美回去，是请她协助调查。她跟命案没有关系，而是她的老公跟一桩命案有关系。

钟村听到这里就很生气，吼了一声，原来你老公不是你杀的。

亚美说，我什么时候说我杀过老公了，好像你很希望我是一个杀人犯。

亚美又说，你别吼，你一吼我就去夜场卖酒。

钟村就说，不能去。那地方不能去，不纯洁。

华良那天在下完棋以后带走了钟村。这盘棋足足下了三个钟头，最后钟村输了三目。华良说，现在可以跟我走了。华良就是文斌的真名，他是杭县公安局刑侦队的警察。

在下这盘最后的棋之前，钟村说，你为什么要骗我，这令我很伤心。

华良没有回答，只是拍了一下钟村的肩，很长时间的无语。

钟村说，你是怎么发现我的？

华良说，你只适合当小说家，你的那些推理，十分幼稚。范饭是你杀的，她的真名叫范小美。她来杭县是见一名网友的，事实上她和这名网友已经好上了，不过是网友的父母不同意。你刚好乘人之危……

钟村愤怒地说，我没有乘人之危，我们至少有三天的感情。

华良笑了，说，你这个性格不适合下棋，你的阵脚都乱了。

钟村就没有说话。华良继续说，范小美要走，你拦住了她。你把她杀了。你这个破小区里，除了主要大路并没什么监控摄像头。你和她相处其实只有三天，你们只能算是露水夫妻。但你确实是爱过她，你觉得她水性杨花，所以你恼羞成怒杀了她。没有人会怀疑到你，是因为从来没有人知道你有过那么短暂的一个来自外地的女朋友。她是厦门人……

钟村的耳朵里，就灌满了厦门海边的涛声。

华良说，她其实是一名健身教练。如果她能和那名网友相处，她要选择的是在杭县找一家健身馆去应聘当教练。

钟村脑海里浮现出范小美粗壮的手臂。她确实有点儿像拳击运动员。

那天钟村被华良带下楼的时候，看到 401 的门口站着亚美和稻草。她们一言不发，久久地看着憔悴无措的钟村。那天快递员阿迅和房产中介成成，也站在他们的 403 门口，讶异万分地看着被带走的钟村。钟村一步步走下了楼梯，他好像想起了什么似的，在半道上停住了，抬起头望向 401 的门口，对稻草说，稻草，我不能带你去自助餐厅了。

稻草没有说话，紧紧地握着那把弹弓，但眼泪却刷地流了下来。

于是钟村就笑了笑，对稻草说，把蝌蚪养大。

那天破天荒地，阿迅和成成没有摇床，他们一言不发并排地蜷缩在靠近床尾的一堵墙边。白天的时候，他们看到一伙人破开了钟村那间长久关着的房间的门。他们惊得差点把眼珠子都掉下来了，因为就在靠近他们床头的地方，是一大截混凝土浇铸的墙体。当警察命令建筑工人用电动工具砸开那堵半人高的墙体时，发现里面安详地蜷缩着范饭，也就是华良所说的范小美的尸骨。

成成在夜色中，隔着几公分的距离，声音清晰地对阿迅说，我们必须搬家。

他们都十分担心，那和尸体一起砌进水泥墙体里面的手机，会突然发出响铃的声音。

在夏天来临之前，半道绿小区 24 幢 4 楼的人，都已经搬离了。亚美带着女儿稻草去看守所看望钟村。

钟村很干净的样子，他剃了一个光头，但是能看到一寸长的短发已经开始爬满他的头皮。亚美笑了一下说，你现在的头发挺像板寸的。

钟村说，你不是说喜欢板寸吗？而且剃头是免费的，现在吃也免费住也免费。

亚美笑了，她的眼睛里荡漾着一种爱意，说，免费的都没有好东西。

钟村一下子接不上话来，想了想，就说自己想要写一个新的小说。这时候亚美知道了，原来看守所里面和外面，都能写小说。

亚美问，你需要我做什么？

钟村说，不需要。

亚美问，那你自己还想做什么？

钟村想了想说，我特别想和文斌下棋。我认为他下不过我。

亚美笑了一下。那个叫文斌的便衣，后来叫华良的警察，先后找过她几次。亚美从华良口中知道，钟村的妈妈跟人跑了，钟村没有妈妈，所以最恨家里的女人跟人跑。因为钟村的妈妈跑了，只有爸爸带着他生活，所以他和爸爸的感情特别深。

这让亚美突然想起，钟村特别想写的那个找爸爸的童话。

钟村说，你离婚了吗？

亚美说，我离不了婚。他不会同意，他只会打我。我只能逃。

钟村说，他不是跟一桩命案有关吗？

亚美说，跟他没有关系，现在查清楚了。我发现他不敢，他要真敢了我倒会高看他一眼。

在亚美和稻草离开接待室之前，钟村特别抚摸了一下稻草棕黄粗糙的头发，对亚美说，你一定要保护好稻草。

仿佛稻草是他亲生女儿。

亚美说，我们要走了。我们要离开杭县。

回抚顺吗？

不是，我们想去三亚。那儿的太阳暖烘烘的。

亚美这样说着，呼啸而至的三亚的阳光，就扑进了她的脑海里。这样，她又笑了一下，稻草也笑了一下。她的手里捧着的那个玻璃缸，缸里的蝌蚪已经脱掉了尾巴，长出了两条腿，身上开始慢慢覆盖春天的绿色。

玻璃缸里的那些小青蛙蹬了一下腿。在这样的蹬腿中，亚美拉着稻草，慢慢向外走去。直到她们离开钟村的视线，一步也没有回头。

那天，杭县的杀妻案告破。案犯就是死者的丈夫，一共使用了两吨水。

图书在版编目（CIP）数据

台风/海飞著. --北京：作家出版社，2024.8

ISBN 978－7－5212－2865－6

Ⅰ.①台… Ⅱ.①海… Ⅲ.①推理小说–中国－当代

Ⅳ.①I247.5

中国国家版本馆 CIP 数据核字（2024）第 095223 号

台风

作　　者：海飞
责任编辑：田小爽
装帧设计：李一
出版发行：作家出版社有限公司
社　　址：北京农展馆南里 10 号　　　邮　　编：100125
电话传真：86－10－65067186（发行中心及邮购部）
　　　　　86－10－65004079（总编室）
E - mail: zuojia @zuojia. net. cn
http: // www.ZUOJIACHUBANSHE.COM
印　　刷：北京盛通印刷股份有限公司
成品尺寸：130×185
字　　数：69 千
印　　张：5.25
版　　次：2024 年 8 月第 1 版
印　　次：2024 年 8 月第 1 次印刷
ISBN 978－7－5212－2865－6
定　　价：48.00 元